LACHE BAJAZZO

oder

Ein Leben mit der Dialyse

Ein Gesundheitsratgeber
für Dialysepatienten

Autorin: Vera Fellcht

Alle Rechte vorbehalten

©Copyright 2000 by Egon Fellcht

ISBN 3-8311-1349-1

Herstellung: Libri Books on Demand

Vera Fellcht

# Lache Bajazzo!

## oder

## ein Leben mit der Dialyse

Ein Gesundheitsratgeber
für Dialysepatienten

# Widmung

für Ruth

Ich danke Frau Oberärztin Dimanski vom Krankenhaus Havelhöhe, die mich an die Ärzte der Dialysepraxis in Berlin-Spandau verwies.

Ich danke dem Zufall, der mich Herrn Koch in der Dialysepraxis von Frau Dr. Schneider und Frau Dr. Hein kennenlernen lies. Herr Koch ist seit mehr als 22 Jahren Dialysepatient und erscheint jeden zweiten Tag in dieser Praxis zur Behandlung.

Mein ganz besonderer Dank aber gilt Herrn Burghard Koch, der bereit war, mir aus seinem Leben zu erzählen.
Selten habe ich einen so lebensbejahenden Menschen getroffen wie ihn, und eben diese Einstellung zum Leben, zu einem erfüllten und positiven Leben möchte ich versuchen zu vermitteln.

Und ich danke Frau Petra Koch, die meine zahlreichen Anrufe ertrug und alle meine Fragen beantwortete, und die es dann noch fertigbrachte, mich einzuladen und mir ihren wunderbaren Kuchen vorzusetzen.

# Inhaltsverzeichnis

Ein herrlicher Tag, die Sonne scheint, und die Wellen plätschern an den Steg. Wir warten auf die Fähre, die uns hier mitten in Berlin zur Insel Valentinswerder bringen soll. Glück muß der Mensch haben! Gestern hat es noch geknallt, als ein kräftiges Gewitter über die Stadt zog. Burghard, seine Frau Petra, seine Tochter Jennifer, elf, und sein Sohn Marvin, sieben, erwarten uns schon – toll. Begrüßung wie immer herzlich, und ab geht es übers Wasser, ein kleiner Spaziergang auf der idyllischen Insel, und mit „Hallo" begrüßen uns nun auch seine Eltern, die nämlich hier einen Garten mit einer Laube haben. Die Oma kümmert sich wie immer erst einmal um ihre Enkel, Opa macht sich an den Grill und wir nehmen alle einen Begrüßungsschluck, einen „Anleger", wie es hier heißt, zur Brust.

Burghard strahlt, er hat wieder Gesellschaft, Leute, mit denen man reden kann. Gemütliches Beisammensein mit Freunden geht ihm über alles.

Heute allerdings, heute haben wir ein Attentat auf ihn vor, denn – er soll uns seine Geschichte erzählen.

Und gerade das ist gar nicht so einfach, denn er ist Meister im Verdrängen und Abwiegeln.

Wovon er am liebsten von sich nicht sprechen will?

Burghard ist seit über zweiundzwanzig Jahren Dialysepatient und hat – wie man so schön sagt – ein bewegtes Leben hinter sich. Wir nun wollen dieses zu Papier bringen, weil wir alle, die wir ihn kennen, der Meinung sind, daß er vielen Menschen in gleicher Situation mit seiner Lebenseinstellung helfen kann, ja, ihnen Hoffnung und Mut machen kann.

Und da er nun mal eben ein Mensch ist, der von sich kein Gewese machen will, sagt er denn auch: „Frag Mutter und Vater, frag meine Frau, frag meine Freunde."

Ja, mein lieber Burghard, das wollen wir auch tun und deshalb sind wir heute hier.

Wie das alles anfing, wollen wir wissen, und da ist Vater Koch derjenige, der sich noch viel zu genau erinnern kann und der manchmal noch immer gereizt und bös reagiert, wenn er an die Ereignisse von damals denkt.

# 1

---

Eigentlich fing alles ganz harmlos an mit einer Mandelentzündung. Es blieb nicht bei einer Angina, sondern sie kehrte immer wieder und in immer kürzeren Abständen zurück.

Nun sind ja auch Ärzte nicht immer gleicher Meinung. Der eine meinte: „Raus mit den Dingern", ein anderer sagte kategorisch: „Nein, sie sind da und müssen ihren Zweck erfüllen."

Fünf lange Jahre dauerte dieser Zustand, der Junge quälte sich damit herum, bekam Antibiotika in hohen Dosen und dann landete er doch im Krankenhaus, wo ihm die total vereiterten Mandeln entfernt wurden. – Und Hepatitis A hatte er, mit sechs Jahren.

Die Arztbesuche häuften sich. Fand er gar nicht gut, auch wenn der Arzt es als Kontrolluntersuchungen bezeichnete.

Burghard stand auf der Straße und atmete tief durch. Endlich wieder frische Luft. Wie gut das tat. Er fröstelte etwas. Ganz feiner Regen fiel, und er wischte die Tropfen von seiner Brille.

Mein Himmel, daß die Untersuchungen bei den Ärzten immer so lange dauern mußten. Und was für ein Theater der heute mit ihm gemacht hatte! Was hatte er zuletzt gesagt: „ Eiweiß im Urin ..." Na und? Dann sollte er ihm dagegen ein paar Tabletten geben. So viele verschiedene Tabletten hatte er in den letzten Jahren schlucken müssen, eben wegen der ständig wiederkehrenden Angina und der dauernden Erkältungen, und dann war es doch immer wieder gut geworden. Und gegen das bißchen Eiweiß würde es doch sicher auch etwas geben.

Burghard machte sich jedenfalls keine Sorgen.

Viel wichtiger was das Tennisspiel morgen, und dann – er mußte verlegen lachen – noch viel, viel wichtiger war die Neue in der Klasse. Das war ein Mädchen! Toll, einfach toll! Immer wieder mußte er sie ansehen. Ob er sie vielleicht zum Wochenende auf ein Eis beim Italiener einladen konnte? Das wäre doch was! Aber reichte sein Geld dazu überhaupt noch? Na, wenn sie zu seiner

Einladung ja sagen sollte, dann konnte er immer noch seinen Vater um Taschengeldvorschuß für die nächste Woche bitten. Ja, das würde er tun. Und mit einem verschmitzten Lächeln und Vorfreude im Herzen trabte er endlich los.

Weit weniger vergnügt saß derweil Burghards Mutter dem Arzt gegenüber, den der Junge soeben verlassen hatte. Eiweiß im Urin habe der Junge, das sei recht bedenklich. Habe sie als Mutter denn sonst nichts bemerkt? O doch, sie hatte hin und wieder bemerkt, daß der Urin braun wie Kaffee war. – Nicht nur hin und wieder, sondern häufig sogar, wenn sie ehrlich sein sollte! Aber es verging ja immer wieder, und wie oft war er doch schon krank gewesen! Und das mit dem Eiweiß sollte nun so schlimm sein? Etwas verständnislos blickte sie den Arzt an, der viele unverständliche lateinische Worte gebrauchte. „ Er hat doch aber gar keine Schmerzen, noch nicht einmal Beschwerden!" meinte Mutter Koch und schob gedanklich erst mal alles Gehörte weit von sich.

Das Leben ging weiter.
Burghards Schule ging weiter, er betrieb weiterhin Sport, und zwar mit Begeisterung, und das alles war entschieden wichtiger, als die sich nun ständig wiederholenden Untersuchungen beim Arzt. Blöd war nur eines: Gerade als die Abschlußball der Realschule stattfand, da kam er zu seinem größten Leidwesen ins Krankenhaus. Die in der Praxis gewonnenen Untersuchungsergebnisse waren so schlecht, daß eine Nierenpunktion angeordnet wurde.
O, was war Burghard wütend, denn was verpaßte er nicht alles an diesem Tage! So ein Ärger!

Die Nierenpunktion ergab den niederschmetternden Befund: Glomerulonephritis!
Das ist die wohl schwerste Nierenerkrankung, die meist zum totalen Nierenversagen führt.
In den Ohren von Mutter Koch klang das wie ein Todesurteil, und sie war außer sich vor Kummer.

Burghard selbst sah das überhaupt nicht so. Er ging weiterhin zum Sport, er traf sich mit seinen Freunden, er lebte sein jugendliches Leben mit all den dazugehörigen Plänen und Sehnsüchten, so wie es alle in seinem Alter taten.

Nur die verflixten vielen und ständigen Untersuchungstermine störten sein Privatleben

ganz gewaltig.

Wieder war es Sommer geworden, endlich nach dem langen verregneten Frühjahr, und endlich fing auch die Tennissaison wieder an. Burghard war mit Feuereifer bei der Sache. Und hier im Tennisclub traf er zufällig seinen Freund, nur wenig älter als er selbst. So wie Burghard nie, wirklich niemals von seiner Krankheit und seinen vielen Untersuchungen sprach, so viel und oft dagegen sprach sein Freund von seiner überstandenen Krankheit. Seltsam! Burghard hörte seine Story, die anderen Tennisspieler hörten sie, und auch Burghards Eltern wurden hellhörig und ließen sich die Geschichte seines Freundes erzählen. Er hatte kurz vor der Erblindung gestanden, und keiner seiner behandelnden Ärzte hatte ihm angeblich etwas anderes in Aussicht stellen können, als das bevorstehende Leben in Dunkelheit. Schrecklich für einen solch jungen Menschen.

Doch dann kam er in die Behandlung einer Ärztin für Naturheilkunde – damals noch belächelte und oft auch angefeindete Außenseitermedizin. Aber ob nun belächelt oder angefeindet – allein das Ergebnis zählt!

Und das Ergebnis war: der Freund behielt sein Augenlicht, und überall berichtete er nun ganz begeistert von dem, was ihm widerfahren war, und er sang das Lob seiner Ärztin in den höchsten Tönen. Sicher verständlich.

Während Burghard inzwischen eine Lehre als Zahntechniker begonnen hatte und diese nun zusammen mit dem Sport all sein Denken ausfüllte, brachten seine Eltern alles über diese Wunderärztin in Erfahrung. Und sie fingen an zu sparen, denn ... diese Außenseitermedizin bezahlte keine Krankenkasse.

Egal was es kostete, und wenn auch alle ihre Ersparnisse draufgehen würden, dem Jungen sollte und mußte geholfen werden – das war die unumstößliche Meinung der Eltern, und hierum kreisten alle ihre Gedanken.

Ein Sparbuch wurde geleert, sie vereinbarten einen Termin bei dieser Ärztin. Dann endlich kam der große Tag, und sie fuhren los.

Burghard genoß die Fahrt mit allen Sinnen, fröhlich war er und unbelastet von allen trüben und schweren Gedanken. Er war jung, er war unterwegs, die schöne Mittelgebirgslandschaft zog an ihm vorüber. O ja, ein bißchen Abwechslung im täglichen Einerlei war immer gut.

Als Mutter Koch endlich der Ärztin gegenüberstand, war ihr ganzes Gesicht ein einziges Flehen: Helfen Sie meinem Sohn.

Und hinter ihr stand – aufrecht und wie steingewordener Wille – Vater Koch, und sein Gesichtsausdruck drückte aus: Sie müssen dem Jungen helfen, koste es, was es wolle!

Und es wurde ihm geholfen, wirklich.

Das böse Wort „Dialyse", das zu Hause im Raum gestanden hatte wie ein drohendes Schreckgespenst – hier schien es sich in Luft aufzulösen, ja, einfach davonzuschweben …

Stunden und Tage dauerten die Untersuchungen, die spezielle Austestung der Medikamente für Burghard, alles Medikamente auf natürlicher Basis, alles ohne Chemie. Und die Behandlung schlug an. Es ging ihm besser, es ging ihm sogar richtig gut. Viele, viele Monate lang.

# 2

Zurück in Berlin ging die Lehre weiter. Ja, der Beruf machte Spaß. Manchmal nur war Burghard ungemein müde und schlapp, besonders, wenn er lange Stunden in der Berufsschule sitzen mußte.

Sein Zustand blieb dort nicht unbemerkt, und er mußte ein ärztliches Attest bringen, ob er überhaupt imstande sei, eine Lehre durchzustehen. Die behandelnde Ärztin plädierte sogar für eine Berentung. Na, so ein Irrsinn – zumindest in Burghards Augen. Er wollte arbeiten, er wollte alles das tun, was er sich vorgenommen hatte. Zum Teufel, konnte das keiner verstehen?!
Er war doch nicht jetzt schon ein halbtoter Greis, trompetete er bei seinen Freunden wütend herum, nein, er liesse sich nicht unterkriegen, er wolle lernen und er würde auch seine Lehre beenden. Und Geld verdienen wollte er später und reisen und vor allem – da glänzten seine Augen – fahren, fahren, fahren, mit einer Maschine fahren. Ja, das wollte er und das werde er auch tun. Basta!
Wenn er durch seinen vielen Sport nicht von frühester Jugend an so durchtrainiert und vor allem auch so diszipliniert gewesen wäre – ein anderer hätte sich längst aufgegeben und sich vielleicht in ein tiefes Loch der Niedergeschlagenheit fallen lassen.

Viel Zeit seit dem ersten Aufsuchen der Ärztin war inzwischen vergangen, aber jetzt war das Leben wirklich nicht mehr schön! Burghard ging es schlecht. Er fühlte sich so, wie seine Nierenwerte waren: hundsmiserabel.
Und nicht nur das: er konnte von Tag zu Tag schlechter sehen.
So miserabel ging es ihm, daß er etwas tat, was er eigentlich nie gewollt hatte: er ließ sich krankschreiben – oder besser gesagt, er mußte sich krankschreiben lassen --, weil er seine Sehfähigkeit

zu stark abgenommen hatte und er außerdem vor Erschöpfung fast umfiel.

Und so hatte er auch nichts dagegen einzuwenden, als seine Eltern auf einer erneuten Reise zu der Ärztin für Naturheilkunde bestanden.

Er merkte es ja selbst: es mußte etwas geschehen. So ging es nicht weiter.

Diesmal hatte Burghard nichts von der Reise durch die herbstbunte Landschaft. Auch das Warten an der Grenze in Hof (damals trennte die Mauer noch Deutschland in Ost und West), von Mutter Koch diesmal als zusätzliche schwere Belastung empfunden – wieviel kostbare Zeit ging durch diese Warterei verloren! – bekam er nur halb mit; er hatte einfach kein Zeitgefühl mehr.

Vater Koch mußte sich auf das Fahren konzentrieren, aber Mutter Kochs Gedanken drehten sich unaufhörlich im Kreis. Konnte die Ärztin wieder helfen? Mußte der Junge doch an die Dialyse? Was würde das für ein Leben sein? Und sein Beruf? Was würde mit seinem heißgeliebten Sport? Außer zum Tennis ging er segeln, und mit welcher Begeisterung! Und auch das Skilaufen hatte er im letzten Winter erprobt.

Und jetzt?

Sollte das alles vorbei sein?

Tief seufzte sie auf und Tränen stiegen ihr in die Augen, als sie hinten auf dem Rücksitz die zusammengesunkene Gestalt ihres Sohnes sah, der halb betäubt vor sich hin döste.

Tief erschöpft kamen sie endlich an, Burghard murmelte beim Aussteigen: „Ich bin halbtot!"

Und dann endlich kam die Ärztin. Ihr geübtes Auge sah sofort, was ihm los war, und sie zögerte nicht und ließ ihn umgehend ins Krankenhaus bringen.

Welch Wunder – im Krankenhaus wurde zwar von einer eventuell notwendig werdenden

Dialysebehandlung gesprochen, aber Burghard hörte nur das Wort

„eventuell" – und so konzentrierte er sich nur auf ein baldiges Ende des Krankenhausaufenthaltes.

Es ging ihm von Tag zu Tag besser. Er war wieder obenauf, obwohl er doch noch wenige Tage zuvor, bei seiner Einlieferung in die Klinik, recht heiser seinem Bruder zugeflüstert hatte: "Keule, kratze ich jetzt schon ab?"
Nein, er brachte nicht zu sterben, er kam auch nicht an die Dialyse. Er wurde wieder entlassen mit der Diagnose:
*Glomerulonephritis.*
Wieder daheim ging Burghard ins Krankenhaus zur erneuten Untersuchung. Die anschließende Behandlung übernahm seine langjährige Urologin, und die ständigen Kontrolluntersuchungen übernahm das Krankenhaus.
Es war ein abendfüllendes Programm, und die Krankschreibungen häuften sich.

So vergingen die Monate.

## 3

Inzwischen ging es Burghard wieder zunehmend schlechter. Und erneut machte sich Vater Koch mit seinem Sohn auf den Weg zu der Naturärztin. Mutter Koch bekam keinen Urlaub auf ihrer Arbeitsstelle und konnte deshalb nicht mit.
Wie schon bei der Fahrt vor Monaten, war Burghard mehr tot als lebendig.
Sein Zustand war so bedrohlich, daß die Ärztin sich dazu entschließen wollte oder besser gesagt mußte, ihn ins Krankenhaus zur Dialyse zu überweisen.
„Das laß ich nicht machen, liebe kratze ich gleich ab!"
Burghard war völlig außer sich. Die Worte der Ärztin, die Beschwichtigungen seines Vaters – nichts erreichte ihn. Er hatte Wasser in den Beinen, Wasser in der Lunge, Wasser im Herzen, es ging ihm weiß Gott elend! – Und doch sperrte er sich gegen alles.

War es die Panik im Herzen oder war es sein wirklich verheerender gesundheitlicher Zustand: mit einem Mal war er in Ohnmacht gefallen! Das Maß für seinen geschundenen Körper war voll.
Und eben in diesem Zustand kam er ins Krankenhaus. Und er kam gleich auf den Operationstisch. So schlecht stand es offenbar um ihn, daß auch seine Mutter verständigt wurde, sie solle sofort kommen. Man befürchtete das schlimmste …

Während Mutter Koch mit Burghards Bruder völlig verzweifelt über die Autobahn raste, lag Burghard noch unter Narkose. Und hier, in diesem kargen, sterilen Operationssaal, hatte er ein Erlebnis, das ihn völlig umkrempeln sollte, ja, das ihn in seinem ganzen Leben nie mehr losließ.

Er trat aus seinem Körper heraus. Er fühlte sich hochgehoben, hochgezogen, ganz leicht, ganz unbeschwert, und er schwebte über seinem Körper. Von oben sah er in absoluter Klarheit und Deutlichkeit bis ins allerkleinste Detail, was dort unten mit seinem Körper geschah. Alles sah er: das Hantieren der Ärzte, die Krankenschwestern, jede Kleinigkeit – aber irgendwie berührte ihn das alles gar nicht. Ruhe war um ihn. Ruhe, völlige Geborgenheit, Helligkeit und Wärme! – Eigentlich ein wunderschöner Zustand. Sollte er den nun wirklich wieder eintauschen gegen all das, was er in den letzten Jahren mitgemacht hatte? Eigentlich nicht erstrebenswert, fand er. Aber eine Stimme (welche Stimme – seine Stimme?) meinte, er müsse weiterleben.

Und so kam er wieder zu Bewußtsein.

Die Ärzte hatten ihn ins Leben zurückgeholt.
Und nun sollte er zur Dialyse.

# 4

---

Burghard sprach erst einmal mit keinem Menschen über sein Erlebnis. Nicht, daß er fürchtete, ausgelacht zu werden. War ihm
egal. Er hatte es erlebt, wirklich und wahrhaft, und keine Macht
der Welt konnte ihm einreden, daß es nicht so war.

Doch er mußte es erst verarbeiten. Und viel später erst konnte er
darüber sprechen.
Aber dieses Erlebnis, daß Sterben nichts Schreckliches ist – ganz
im Gegenteil: er dachte mit einem freudigen Gefühl und manchmal direkt mit ein bißchen Sehnsucht an diesen friedvollen und
geborgenen Zustand zurück! Dieses für ihn so überdeutliche und
völlig reale Erlebnis krempelte ihn um und befreite ihn von seiner
fast panischen Angst vor dem Wort Dialyse.
Und als dann kurze Zeit später diese Ärztin für Naturheilkunde
beschloß, ihn selbst zu dem sogenannten deutschen „Nierenpapst"
zu bringen, da hatte er nichts mehr dagegen einzuwenden.

Tage später war es soweit. Sie fuhren zu diesem berühmten Arzt,
und Burghard wurde mit den Worten vorgestellt: „Er ist Dialyse-
Anfänger. Zeigen Sie ihm bitte, wie alles funktioniert. Denn er
hat gesagt, er ginge nicht an die Dialyse, lieber würde er sterben."

Leise lächeln mußte Burghard bei diesen Worten, und bei sich
dachte er „Wenn ihr wüßtet …"
Aber er behielt es für sich.
Und voller Zuversicht reichte er dem Arzt die Hand.

Dieser Arzt war echt ein Supermann. Er ging auf Burghard ein,
erklärte ihm und seinen Eltern alles, einfach alles haargenau. Stun-

denlang nahm er sich Zeit für sie. Und Burghard durfte sich einige Dialysepatienten ansehen und sie kennenlernen, junge und alte.

Dieser Arzt war einer der ersten in Deutschland mit einer Dialysepraxis, er hatte nur acht Patienten.
Und er sprach mit Burghard, lange, einfach und verständlich, aber intensiv. Und er machte ihm auch unmißverständlich klar, daß sein Leben ohne Dialysebehandlung bald zu Ende sein würde.

Ganz still wurde Burghard, und irgendwann hatte er endlich begriffen, was wirklich mit ihm los war und welche Konsequenzen sich daraus ergaben.
Und endlich – nachdem er alles gesehen und gehört hatte – war auch seine panische Angst vergangen, die ihn jedesmal bei dem Wort Dialyse überfallen hatte. – Oder war es gar nicht allein die Angst vor dem Eingriff gewesen, sondern vielmehr die Endgültigkeit, mit der dann über sein Leben bestimmt werden würde?!

Wie auch immer: auf alle Fälle ist er heute noch, nach so vielen Jahren, diesem Mann zutiefst dankbar, daß er ihm alle seine Angst nehmen konnte.
Aber noch viel mehr hat sein Erlebnis, das er im Koma hatte, dazu beigetragen.
Sein Schlüsselerlebnis, das ihn in diesem Leben nie mehr verlassen wird und das ihm die gelassene Ruhe und die Lebensbejahung gibt, die auf andere Menschen so faszinierend wirkt.

## 5

---

Drei Jahre waren inzwischen vergangen, zwischen Hoffen und Bangen und normalem Weiterleben.
Drei Jahre lang hatte ihn die Ärztin für Naturheilkunde vor der Dialyse bewahren können. Drei geschenkte Jahre!
Und so hatte Burghard eben in diesen Jahren jeden Gedanken an die doch irgendwann unumgängliche Dialysebehandlung immer wieder verdrängt und von sich weggeschoben.
Anders seine Eltern ...

Täglich, ja stündlich saß ihnen die Angst im Nacken, und täglich mußten sie sich Burghard gegenüber zusammennehmen, um ihm ja nicht diese ihre ständige Angst zu zeigen.
Aber auch sie hatten jetzt eine andere Einstellung gewonnen, seit der erfahrene Dialysearzt mit ihnen gesprochen hatte.

Und so kamen sie zurück nach Hause, und Burghard kam ins Krankenhaus. Seine Werte waren extrem, die Vergiftung der Nieren war weit fortgeschritten. Und so kam, was kommen mußte: es wurde ein Shunt gelegt.
Das war nicht unbedingt das Angenehmste. Viel schlimmer jedoch empfand Burghard die Diät. Eiweißarme Diät bekam er. Puh, wie schmeckte das doch fad für seinen Gaumen, und alle seine Gedanken und Wünsche kreisten um eine richtig schöne Currywurst.

Und dann kam die erste Dialyse seines Lebens. Burghard war nun doch nicht mehr so gelassen, wie er sich gern den Anschein gab, sondern betrachtete alles mit ängstlichem Mißtrauen, was da um ihn herum geschah. Diese erste Dialyse erfolgte über die Leistengegend. Im Grunde genommen waren es zwei Dialysen, eine rechts, eine links.

Hier im Krankenhaus erfuhr er auch erst Näheres: Auch nachdem der Shunt gelegt worden war, mußte über einen Katheter in der Leiste dialysiert werden, denn es mußten erst gut vier Wochen der Heilung vergehen, bevor der Arm angestochen werden konnte. Es ist nämlich so, ein Katheter in der Leistengegend hält nur ein bis zwei Dialysen aus, dann muß er entfernt werden.

Bei der Peritonealen, also der Bauchdialyse, wird unterhalb des Nabels ein kleiner, wirklich nur ein kleiner Schnitt gemacht, und dort wird das Instrument vorgeschoben. An sich kein Aufstand. An dem Instrument ist vorn ein Stahlstift, zwar fein und wirklich dünn, aber … da Burghard durch den vielen Sport von Kindheit an eine harte Bauchdecke hatte, war es schwer, dort hineinzustechen. Es war wirklich sehr schwierig, und manchmal hatte er schon den Gedanken, sie müßten ihn ganz erstechen, würden ihn ganz durchstechen. Also kein angenehmes Gefühl.

Aber es passierte natürlich nie.

Dies alles war Neuland für ihn.

Und es dauerte seine Zeit, bis er sich an den Rhythmus und an das Leben mit der Maschine gewöhnt hatte.

Doch der Mensch ist enorm anpassungsfähig. Was bleibt ihm auch anderes übrig – er will ja leben!

Auch zu Hause wurde alles umgekrempelt. Die ganze Familie Koch hatte sich angewöhnt, ohne Burghard zu essen. Er sollte nicht frustriert oder neidisch zusehen müssen, was auf dem Tisch stand und für ihn verboten war.

Sogar das salzarme Spezialbrot kauften die Eltern extra für ihn. Weit mußten sie fahren zu diesem Zweck, das gab es nämlich nur in Steglitz, weit von zu Hause entfernt, und es war teuer, sündhaft teuer sogar! Ein Brot kostete acht Mark! Die Eltern hatten sich total auf seine Krankheit eingestellt und waren bereit, dafür jedes Opfer zu bringen.

Aber … wenn sie gewußt hätten, daß Burghard später, nach dem Essen, mit seinen Kumpels an der nächsten Straßenecke eine Currywurst aß … Es mußte einfach sein! Er mußte fühlen, daß auch er ein junger Mann war, daß er lebte, genau so lebte wie seine Altersgenossen, und daß sein Leben nicht nur aus der Maschine, der Diät und tausend Verboten bestand.

Und die Berufsausbildung ging weiter. Inzwischen war Burghard durch seine vielen Krankenhausaufenthalte schon über drei Jahre Lehrzeit hinaus, aber nun hatte auch er es bald geschafft.
Die Arbeit machte ihm weiterhin viel Spaß, er bewältigte sein Pensum recht gut. Nur … wenn er zuvor an der Dialyse gewesen war, und dann noch die Berufsschule anstand, dann hing er durch, war schlapp und müde und konnte sich kaum aufrecht halten.

Und eines schönen Tages war es endlich soweit: Burghard bestand seine Prüfung.
Die Lehre hatte zwar – bedingt durch seine Krankheit – dreieinhalb Jahre gedauert, aber was machte das schon!
Er war so stolz! Und seine Eltern auch.
Allen Unkenrufen zum Trotz hatte er seine Lehre durchgehalten und seine Prüfung bestanden. Ja, er konnte mit Fug und Recht stolz sein, glücklich und zufrieden.
Sogar die Ärzte, die ständig seine Nierenwerte kontrollierten, hatten ihm seinerzeit höchst skeptisch vom Beginn einer Lehre abgeraten.
Ja, was wollten die eigentlich? Ihn vor dem Erwachsensein zum Rentner stempeln, zum Nichtstun verdammen? Was sollte das für ein Leben sein?
Nur das nicht!
Nein, das war nichts für Burghard, ganz und gar nicht. Und was er sich einmal in den Kopf gesetzt hatte, das hielt er auch durch. Wäre ja noch schöner!
Und die bestandene Prüfung wurde gefeiert, und wie sie gefeiert wurde! Nicht nur zu Hause mit der ganzen Familie, nein, sogar noch ausgiebiger mit den Freunden, und noch einmal im Tennisclub. Das mußte sein!

*6*

---

An den dialysefreien Tagen war für Burghard nichts so wichtig, wie seine Freunde und der Sport. Zum Tennis und Segeln war inzwischen die Liebe zu den „Maschinen" gekommen. Zwar reichte es nach der endlich bestandenen Führerscheinprüfung (auch das war schwierig durch die ständigen Dialysetermine) nur zu einem Moped, aber der große Traum war und blieb die große Maschine, eine Harley-Davidson. Frei sein von allen Terminen und fahren, fahren, fahren. Hunderte von Kilometern nur fahren, frei sein wie der Wind. Das war sein großer Traum. Würde er sich jemals erfüllen?
Er wußte es nicht. Aber träumen konnte er davon und mit seinen Kumpels darüber sprechen, immer und immer wieder, sich ausmalen, wie es sein könnte.
Bei diesen Träumen von der großen Freiheit verblaßte sogar das Interesse an den Mädchen, und das wollte schon etwas heißen

Irgendwann kam dann der Tag, an dem Burghard alle Gedanken an Freiheit und Fahren vergingen, ja, er gar nicht mehr klar denken konnte.
Und das kam so:
Normalerweise war es immer die sogenannte Peritoneal-Dialyse, die gemacht wurde. Und eben an diesem Tage nun sollte ein Student der Medizin sich an Burghard versuchen, der zur Nachtwache eingeteilt war. Und das ging nicht gut.
Die Giftstoffe wurden zwar herausgefiltert, aber das Wasser konnte nicht ablaufen, er bekam Schmerzen wie wahnsinnig und fing an zu schreien, daß es im halben Krankenhaus zu hören war.
Es gab einen Riesenaufstand, die Eltern Koch wurden schnellstens geholt und sollten ihre Zustimmung zu einer sofortigen Operation geben, bei dem Eingriff war nämlich der Darm beschädigt worden. Doch die Eltern sagten kategorisch nein. Vielleicht

war es gut so. Burghard wurde konventionell behandelt, und endlich konnte auch das Wasser ablaufen.

Er war wieder einmal "davongekommen".

Aber sein Vater ... Der kochte vor Wut und machte den angehenden Arzt ganz fürchterlich „zur Schnecke", denn dies alles hätte nun weiß Gott nicht passieren dürfen.

Und Burghard ... er war froh. Es ging ihm wieder besser. Bald ging es ihm sogar wieder richtig gut und er motzte schon wieder rum: „Ich will jetzt endlich mal wieder was Vernünftiges essen, Gulasch möchte ich, noch besser Grieß mit Kirschen, heißen Grieß mit kalten Kirschen!" Da wußte alle, die ihn kannten, er ist wieder über den Berg. Nicht umzubringen ist der Bengel!

# 7

Fast zwei Jahre waren mittlerweile vergangen, und die Dialysetermine bestimmten weitgehend sein Leben. Abgesehen von dem
eben geschilderten, weiß Gott nicht alltäglichen Vorfall, hatte
Burghard sich nun in die Gegebenheiten gefunden und vertraute
der Routine der Ärzte und Schwestern, welche die Maschinen
bedienten. Schließlich gab es nicht nur ihn, sondern unendlich
viele Nierenkranke, die auf die Dialyse angewiesen waren.
Zwischenfälle der eben geschilderten Art machen verständlicherweise allen Patienten Angst – aber sie sind nicht die Regel! Ärzte
und Schwestern mögen sie schon mal gar nicht, sie sind eher an
einem völlig reibungslosen Ablauf interessiert.
Und der ist ja auch im allgemeinen garantiert.


Burghard war jung, stets zu irgendwelchem Blödsinn aufgelegt,
und oft waren auch die Schwestern ebenso jung wie er und gleich-
falls für jeden Unsinn zu haben.
Besonders viel gab es zu lachen bei den sogenannten „Alkohol-
schlachten".
Alkohol, wieso Alkohol?
Zum Desinfizieren der Punktionsstellen nimmt man Alkohol. Und
da kann es im Eifer des Gefechts (oder vielleicht gar mit Absicht?!)
vorkommen, daß nicht nur das Einstichgebiet, sondern die ganze
Umgebung so richtig schön „vollgeplantscht" wird.
Allerdings brennt es ganz tüchtig, aber es gibt ja Zellstoff. Und
wer denkt noch an das bißchen Brennen, wenn alle glucksend lachen?
Außerdem vergehen so mit Kichern und Lachen die langen Stunden der Dialyse einfach schneller. Zumindest erscheinen sie einem kürzer; und das ist ja auch schon was.

Und Burghard hatte seine ganz besondere Taktik, das Leben zu meistern.

An dialysefreien Tagen verschwendete er auch nicht den geringsten Gedanken an seine Krankheit. Er lebte, er arbeitete, ihm tat nichts weh – also fehlte ihm nichts.

Vielleicht bringen das nur Kinder oder sehr junge Menschen fertig, weil sie bedingungslos im Jetzt und Heute leben. Ältere Menschen, eben Erwachsene, setzen sich gedanklich mit der Krankheit auseinander, können Folgen abschätzen, und je mehr sie sich damit vertraut machen, um so mehr krallt sie diese ihre Krankheit, egal welche. Und die Krankheit beherrscht sie, ja, sie beherrscht zum Schluß alles.

Burghard ließ sich nicht beherrschen. Er war jung, er war lebendig, höchst lebendig sogar, und jeder gelebte Tag war mehr oder weniger ein aufregendes Abenteuer.

Inzwischen hatte man ihn auf die Warteliste für eine Spenderniere gesetzt. Vater und Mutter Koch warteten ungeduldig. Es mußte doch Hilfe für ihren Jungen geben, und was wäre besser als eine Spenderniere? Und so hatten sie es von Herzen begrüßt, als Burghard bei Eurotransplant in Leyden auf die Warteliste gesetzt wurde.

Burghard dagegen hatte ganz andere Gedanken, denn ... seit längerer Zeit hatte er eine feste Freundin. Sie war Krankenschwester und wußte um seine Krankheit. Wie praktisch.

Seit Monaten waren sie unzertrennlich, und mittlerweile lebten sie auch zusammen.

Das war zu dem Zeitpunkt, als seine Dialyse im Krankenhaus noch immer volle sechs Stunden in Anspruch nahm. Zeit, lange Stunden, die er weiß Gott besser verbringen konnte!

Da seine Freundin Renate Krankenschwester war, entschloß sich Burghard zur Heimdialyse.

Mein Gott, sie beide würden schon aufpassen und alles richtig machen. So schwer konnte das doch nicht sein.

Aber einfach war es eben auch nicht.

Zwei volle Wochen mußte Burghard erst zusammen mit seiner Freundin trainieren, die Maschine an- und aufzubauen, die Nadeln zu setzen und anzuschließen. Schließlich waren sie beide berufstätig, und so mußten sie sich für diese langwierige Prozedur freinehmen von ihren Arbeitsstellen. Alles recht problematisch.

Burghard war wild entschlossen, alles selbst zu machen. Eigentlich hatte seine Freundin nur eine Überwachungsfunktion. Doch es beruhigte ihn natürlich, sie bei sich zu haben. Und gemütlicher war es auch.

Beim allerersten Gebrauch der Maschine zu Hause ging es reichlich hektisch zu.

Burghards Urologin mußte dabei sein, ebenso eine Krankenschwester und ein Techniker, der die Maschine ordnungsgemäß anschloß. Doch nach diesem aufregenden ersten Tag ging es anders lang: Burghard hatte für die Maschine keinen festen Platz in der Wohnung, sie stand mal hier, mal dort. Bei Nichtgebrauch verschwand sie meist hinter der Tür im Schlafzimmer. Noch nicht einmal die Schläuche hatte Burghard fest installiert. Meist machte er die Dialyse im Wohnzimmer, es sollte um ihn herum ja gemütlich sein. Und steril mußte es sein, vor allem steril!

War es aber ganz und gar nicht. Bei der ersten Dialyse zu Hause war seine Urologin dabei und fast wäre sie „im Dreieck gesprungen", als sie die Bescherung sah: Burghard hatte in seiner Wohnung einen Hund, einen Vogel und ein Aquarium. Das konnte man um alles in der Welt nicht steril nennen! Aber Burghard war stur. Später lief es so ab, daß der Vogel meist frei herumflog, ja, er flog Burghard sogar auf den Kopf und der Hund lag zu seinen Füßen – wohlgemerkt bei der Dialyse, während all der Stunden. Au wei, da konnte wohl von steril wirklich keine Rede sein!

Aber gemütlich war es, und Burghard scherte sich wenig oder gar nicht um irgendwelche Sicherheitsmaßnahmen.

Und nach dem Gebrauch verschwand die Maschine sofort. Gut, ja die Maschine war sein bester Kumpel, er brauchte sie unbedingt. Aber auch seinen besten Kumpel kann man schließlich nicht immer um sich haben, wenn man ihn auch noch so nötig hat.

---

## 8

Auf alle Fälle war Burghard in diesen Jahren nicht so eingeengt, wie bei der Dialyse im Krankenhaus. Die so gewonnene Zeit gehörte außer der Freundin wieder vermehrt den sportlichen Aktivitäten, es wurde weiter Tennis gespielt, Auto gefahren und mehrfach war er sogar zum Skilaufen.

Die Beziehung zu seiner Freundin hatte allerdings erste kleine Risse bekommen.
Vielleicht waren auch beide zu jung, um ständig mit dieser Belastung leben zu können.
Die junge Frau war Krankenschwester. Gewiß, das hatte natürlich Vorteile. Sie wußte, um was es ging. Aber vielleicht lag auch hier gerade die Schwierigkeit. Sie kannte die Problematik zu gut und fühlte sich offenbar damit überfordert. Sicher wollte sie ihr hartes berufliches Engagement nicht noch zu Hause fortsetzen, sondern – wie andere junge Menschen – nach Feierabend unbeschwert von allen Krankheiten und Schwierigkeiten und Problemen leben, eben das Leben genießen.
Und genau das ging hier nicht.
Und hier war sie zu allem Überfluß fast noch mehr persönlich engagiert als bei den Patienten im Krankenhaus, und genau das war das Quentchen zu viel.

Nun machte es ihr allerdings Burghard auch leicht, sicher zu leicht, weil er grundsätzlich alles allein machen wollte und fast nie Hilfe brauchte, ja, Hilfe sogar meist ablehnte. Um Hilfe bitten – na, das wäre bei ihm wohl das Allerletzte gewesen!

Und so kam, was kommen mußte – und vielleicht war das der erste kleine Anfang vom Ende –: an einem Nachmittag lag

Burghard allein an der Dialyse, alles hatte er wieder im Alleingang vorbereitet und angeschlossen, und sie … ging ins Bett. Plötzlich hatte er ein Blut-Leck. Burghard untersuchte die Schläuche und sah, daß es aus einem Schlauchstück heraustropfte. Darauf koppelte er die Schläuche von den Nadeln ab, schloß die Maschine kurz und wechselte selbst das leckgeschlagene Teilstück aus, schloß sich wieder an und dann lief die Maschine weiter. Wenn das seine Eltern wüßten! Mutter war immer so ängstlich – was alles passieren konnte!

Aber Burghard passierte nichts. Er blieb gelassen. Er wollte und konnte alles allein machen. Und es ging doch, oder?! Na bitte!

Vier lange Jahre Dialyse hatte Burghard nun schon hinter sich gebracht: zwei Jahre im Krankenhaus und zwei Jahre Heimdialyse. Er war gerade mit seiner Freundin zu Hause, als der Anruf kam: „Wir haben eine Niere für Sie!"

Mein Gott, war das eine Aufregung!

Das war am 28. März – das Datum würde er nie vergessen! Abends kam Burghard noch an die Dialyse, und am nächsten Morgen um elf Uhr war er im Krankenhaus.

So viel bekam er jedenfalls mit: die Niere kam aus Amerika, aus Denver. Es mußte schnell gehen, denn die kostbare Fracht war schon im Flugzeug laufend überwacht worden und konnte nur 24 Stunden frisch, das heißt, operationsbereit gehalten werden.

Vor der Operation sollte Burghard eigentlich Valium bekommen, weil man eine – wohl verständlicherweise! – zu große Aufregung befürchtete. Aber weit gefehlt. Er lehnte das Valium ab, legte sich hin und schlief wirklich ein.

Vor der Operation, unmittelbar davor, kamen alle noch einmal zu ihm ans Krankenbett.

Mutter Koch heulte und verließ schnellstens wieder das Zimmer. Die Freundin verabschiedete sich herzlich von ihm mit allen guten Wünschen, und auch sein Bruder kam und drückte ihn fest an sich. Gerade konnte ihm Burghard noch zuflüstern „Keule, wenn das hier gut geht, dann fahre ich durch Kanada, das schwöre ich dir", da stand auch schon die Krankenschwester an der Tür. Vater Koch stand wie ein Fels in der Brandung, unbeeindruckt vom Erscheinen der Krankenschwester und drückte seinen Jungen an sich. Und Burghard sagte zu ihm „Tschüs, wir sehen uns bald wieder, Vati. Du mußt aber hier sein, wenn ich aufwache, unbedingt!"

Die Operation verlief komplikationslos, und Vater Koch saß wirklich und wahrhaftig am Bett, als Burghard aufwachte.

Nur die Wochen nach der Operation zogen sich hin und waren mehr oder weniger langweilig, und sie waren von der bangen Frage geprägt: arbeitet die Niere auch richtig oder wird sie abgestoßen? Kann Burghard danach wirklich wieder wie ein gesunder Mensch leben?

---

## 9

Die Wochen vergingen im Klinikalltag, jedoch unterbrochen von gottlob vielen Besuchern.

Die Eltern kamen, der Bruder, überhaupt alle Verwandten. Die Freundin kam. Auch die Freunde, die Kumpels, tauchten am Krankenbett auf.

Jetzt wurde auch Burghard zunehmend ungeduldig. Wie ging es nun weiter? Hatte die

Operation etwa keinen Erfolg?

Die Ärzte und Schwestern erklärten ihm, daß es bei manchen Patienten bis zu acht Wochen dauern kann, bis die neue Niere ihre Arbeit aufgenommen hat.

Und jetzt wartete Burghard; er, der immer geduldig alles hingenommen hatte, jetzt wartete er voller Ungeduld auf sein ganz privates Wunder.

Und das geschah wirklich – schon nach gut vier Wochen. Die Niere arbeitete! Sie arbeitete richtig, hatte ihre Arbeit aufgenommen und alles lief richtig ab.

Burghard war glücklich, die ganze Familie war glücklich, und das ganze herrlich schöne bunte Leben wartete auf ihn.

Gut, er mußte dauernd zur Überwachung, er mußte Tabletten schlucken gegen die eventuelle Abstoßung. Aber was war das schon gegen die Zeit mit der Dialyse?

Auch sein rundes, durch die hohe Gabe von Cortison aufgequollenes Gesicht konnte sein Hochgefühl in keiner Weise dämpfen.

Er lebte, er lebte genau so wie alle jungen Menschen, er konnte kommen und gehen, wann und wohin er wollte. Mein Himmel, was das Leben schön!

Und wie er überall gefeiert wurde! Nicht nur zu Hause, am Arbeitsplatz, nein, alle seine Ärzte, jede Krankenschwester, jeder gratulierte ihm so überschwenglich, als wenn er den Berlin-Marathon gewonnen hätte, ja, oder die ATP-Meisterschaft im Tennis. Die Möglichkeit, daß sein Körper die Niere wieder abstoßen könnte und daß erneut eine Dialysebehandlung notwendig sein könnte, nein, diese Möglichkeit schien keiner mehr in Betracht zu ziehen.

Burghard wurde pausenlos überwacht, und die Werte, die sich herausstellten und das reibungslose Funktionieren der implantierten Niere bescheinigten, waren wichtiger als alles andere. Vielleicht, weil sie einen Triumph der modernen Medizin offenbarten?!

Manchmal hatte Burghard das Gefühl, er sei jetzt sogar wichtiger und interessanter als zu der Zeit, als er dreimal wöchentlich hier zur Dialyse erschienen war. Das schien nur alltägliche Routinearbeit gewesen zu sein, aber diese Operation, diese geglückte Operation, sie war der Gipfel des (Ärzte-)Glücks!


Nun, wie auch immer.

Burghard war glücklich, von ganzem Herzen, und sein Körper freundete sich mit der amerikanischen Niere an, sie funktionierte, und er lebte wie andere junge Menschen auch.

In all diesem Hochgefühl hatte er gar nicht mehr an seinen Traum von Kanada gedacht. Das Leben war so bunt, so randvoll beglückender Ereignisse, so geprägt vom Freisein, von all den guten Tagen, unabhängig von der Maschine – welch ein Gefühl, nicht zu beschreiben!

Aber mit einem Mal drang Kanada wieder in sein Bewußtsein. Und das kam so:

Vater Koch hatte einen guten Freund gehabt, einen sehr guten Freund, von dem er des öfteren erzählte. Aber eben dieser Freund war seit mehr als fünfzehn Jahren verschollen, einfach von der Bildfläche verschwunden. Alles Nachfragen hatte nichts gebracht, er blieb unauffindbar, und nur hin und wieder sprach Vater Koch noch von ihm.

Und eines schönen Tages klingelte das Telefon, und – kaum zu fassen! – dieser Freund war am Telefon, er war in Berlin, eben in Tegel gelandet. Welche Freude!

Natürlich fuhr Vater Koch umgehend los und kurze Zeit später fielen sich die beiden Männer in die Arme. Was gab es nach der langen Zeit alles zu erzählen! Für die nächsten Stunden ging ihnen der Gesprächsstoff nicht aus. Und … der Freund hatte einen Sohn, einen Sohn fast im gleichen Alter wie Burghard, und was lag nun näher, daß die beiden jungen Männer sich anfreundeten? Sie waren sich auf Anhieb sympathisch, und schon bald verband sie ein ähnlich gutes Verhältnis wie ihre Väter.

Und eben Günther, dieser Freund von Vater Koch, lud sie ein, nach Kanada zu kommen, wo er seit vielen Jahren ein neues, ein gutes Zuhause gefunden hatte und mit seiner Familie lebte. Von Beruf war Günther staatlich geprüfter Landvermesser, das hieß, er kannte das Land. O ja, gut kannte er dieses weite Land, zumindest Teile davon. Alles kennen – nein, das konnte sicher kein Mensch, außer er sei Trapper und zöge unaufhörlich im Land umher.

Also Günther, dieser Freund des Vaters, lud sie ein nach Kanada.

Und eines schönen Tages war alles perfekt gemacht. Burghard hatte sich vorher noch rasch untersuchen lassen – das mußte sein. Na schön, seine Werte waren nicht hervorragend, der Harnstoff betrug fast 200 mg, aber viel darunter lag er ohnehin nie; also drückten alle Ärzte alle beiden Augen fest zu, und mit der Maßgabe, sich auch in Kanada untersuchen zu lassen, sollte es also wirklich losgehen.

Auch seine langjährige Freundin sollte und wollte mitkommen.

War das eine Aufregung! Mit dem Zug ging es von Berlin nach Frankfurt am Main, und dann in den großen Vogel.

Burghard lehnte sich im Flugzeug zurück und schloß die Augen. Am liebsten hätte er sich selbst in den Arm gekniffen, ob wirklich er es war, der hier saß und sich in die weite Welt fliegen ließ. Und er riß seine Augen weit auf und schaute aus dem kleinen Fenster. Nur nichts verpassen von den Schönheiten dieser Erde. Aufsaugen wollte er alles, wie ein Schwamm in sich hineinsaugen, und sich keine noch so kleine Kleinigkeit entgehen lassen.

Sein Arbeitgeber hatte nicht schlecht gestaunt, als er kategorisch fünf Wochen Urlaub forderte. Fünf lange Wochen! So viel Urlaub hatte er in seinem jugendlichen Alter gar nicht zu beanspruchen. Aber er brauchte diese langen Wochen, und mit trotzigem Gesichtsausdruck hatte er sie eingefordert: „Wenn ich die vollen fünf Wochen Urlaub nicht bekomme, dann kündige ich."

Aber sein Chef kannte seine Geschichte nur zu gut, und Burghard bekam seine fünf Wochen. Er brauchte auch nicht zu kündigen.

# 10

Bis nach Edmonton flogen sie, und dort wurden sie schon erwartet.

Sie staunten nicht schlecht, als sie erfuhren, daß es hier im fernen Edmonton einen Berlin-Club gab, und so wurden sie mit wahrhaft offenen Armen aufgenommen und herumgereicht.

Gastfreundschaft pur und ohne Ende. Wirklich beeindruckend.

Und im Nu hatten sie (Freund Günther hatte wohl ein wenig nachgeholfen, er kannte ja auch wirklich jeden hier) einen VW-Bus zu ihrer Verfügung, und nun sollte es losgehen.

Das große unbekannte Land erwartete sie.

Burghard, den sonst so leicht nichts aus der Fassung brachte – hier verschlug es ihm die Sprache. Und er, der sonst eher ruhigbesonnen schien, hier ließ ihn die Freude entweder verstummen oder manchmal total übersprudeln.

Mein Gott, es war ja auch unbeschreiblich schön, dies alles zu erleben.

Sie fuhren kreuz und quer durch dieses unermeßlich weite Land. Und nichts ließen sie aus.

Kaum einer kann sich vorstellen, wie gewaltig in ihren Ausmaßen die kanadischen Nationalparks sind. Sie fuhren durch den Banff- und den Jasper-Nationalpark. Die für Touristen angelegte Autostraße von Banff und Lake Louise nach Jasper sucht ihresgleichen an Schönheit. Gerade hier an der Grenze der beiden Provinzen Alberta und Vancouver reihen sich die berühmten Nationalsparks aneinander mit ihren Naturschönheiten sondergleichen, dieser Mischung aus herrlicher hochalpiner Landschaft, grünen Wiesen, tiefen, kaum begangenen Wäldern und glasklaren Seen.

Diese Stille in der Landschaft. Direkt feierlich, dachte Burghard, ohne sich hier dieses Gefühls zu schämen. Eine unbegreifliche Stille, manchmal nur unterbrochen vom stetigen, melodischen und gleichmäßigen Klopfen eines großen bunten Spechtes. Wenn der einmal Pause machte, wirkte die Stille richtig laut, unwirklich. Und dazu die Düfte: nach Beeren roch es, nach harzreichen Tannen, nach weiter Wildnis.

Stundenlang sahen sie keinen Menschen, selten ein Auto. Unbegreiflich.

Manchmal sahen sie einen Raubvogel über sich. An einem dunkelklaren See schwebte ein riesiger Fischadler ohne einen Flügelschlag über ihnen, und plötzlich ließ er sich wie ein Stein ins Wasser stürzen. Sekunden später kam er wieder hoch, blitzende Tropfen sprühten um ihn herum und mühselig flog er dicht über dem Wasser davon, in den Fängen offenbar eine schwere Beute. Burghard und die anderen standen still und schauten. Hinter dem Ufer auf der anderen Seite des Sees stiegen neue Wälder und Berge auf, eine Bergkette staffelte sich hinter der anderen bis zu den schneebedeckten Gipfeln der Rocky Mountains.

Tagsüber fuhren sie, mittags und abends rasteten sie. Sie schliefen im Wohnwagen oder im Zelt daneben. Alle waren angefüllt von den Ereignissen des Tages. Und jeder verarbeitete es auf seine Weise.

Ein Tag nach dem anderen verging, und jeder neue Tag war noch schöner als der vorangegangene.

Sie konnten auch nicht mehr sagen, welcher Park am schönsten war.

Der Banff Nationalpark mit seinen heißen Quellen war einfach überwältigend, der Jasper-Nationalpark vielleicht noch grandioser. Aber wer will das entscheiden?!

Es war nur schön, überwältigend schön, und Burghards vorherrschendes Gefühl während dieser Reise war überströmende Dankbarkeit, daß er hier sein konnte, daß er dies alles mit eigenen Augen sehen konnte.

Unter weiter fuhren sie. Sie kamen in wüstenähnliche Gebiete, trocken und staubig, die Rockies bildeten nur noch die alpine Kulisse am Horizont.

Und eines Tages änderte sich wiederum die Landschaft, und sie waren kurz vor Vancouver, kurz vor dem pazifischen Ozean.
Hier gab es nun wieder vergletscherte Berge, einsame Seen und Urwälder von der Größe eines deutschen Bundeslandes. Nicht zu fassen! Und überall Inseln, kleine und große, winzigste Eilande mitten in glasklaren Seen. Welch ein Land! Ein überwältigendes Land.
Vancouver, die höchstlebendige Hafenstadt, ausgerichtet mit dem Blick über den Pazifik nach Asien – sie sahen diese Stadt, erkundeten sie, bewunderten sie.
Aber noch fast schöner – vor allem nicht so regnerisch! – war Vancouver Island mit der Stadt Viktoria an der Spitze.
Mild war das Klima hier, mild und ozeanisch, man meinte, eine englische Kleinstadt im Kanal vor sich zu haben mit dem üppigen Blumenschmuck in leuchtend bunten Farben.
Wie schön war das hier.
Und mit einem Mal fiel Burghard alles ein, was er als Junge oder Halbwüchsiger über das ferne Land Kanada gelesen hatte.

Und jetzt verstand er auch, was er hier bei seinen neuen Freunden in einem alten Buch gelesen hatte, bruchstückhaft nur und in einem alten Englisch, aber wie hieß es doch so schön:
„Dies ist ein Land mit noch namenlosen Bergen und mit so vielen Flüssen, die weiß Gott wohin fließen. Ein Land mit Tälern, noch unberührt und still, ein Land, das immer lockt …"

Ja, jetzt verstand Burghard, was er gelesen hatte. Und es drückte genau das aus, was er unklar die ganzen Wochen empfunden hatte. Jetzt erst verstand er es.

In all dieser Zeit, all diesen Wochen hatte Burghard einmal einen Arzt aufgesucht, einen Arzt im Krankenhaus. Er bekam so eine kanadische Behandlungskarte, und dann war alles ganz einfach. Auch hier stellte man fest, daß seine Werte nicht „berauschend" waren, aber immerhin war er nicht dialysepflichtig. Das konnte man ihm versichern.

Dem Himmel sei Dank. Mehr wollte er ja gar nicht wissen.

Als sie endlich wieder in Edmonton eintrafen, hatten sie sechstausend Kilometer (!) zurückgelegt.

Unvorstellbar.

Und doch hatten sie nur einen Bruchteil dieses gewaltigen Landes bereist.

---

Wieder wurden sie bei den Deutsch-Kanadiern mit offenen Armen aufgenommen.

Und hier erzählte auch Vaters Freund Günther – inzwischen wußte er, daß Burghard ein geschickter Zahntechniker war –, daß es bei den ehemaligen Berlinern unter den Kanadiern einen Zahntechniker mit einem eigenen Labor gäbe, der inzwischen alt sei und einen Nachfolger suche.

War das ein Fingerzeig?

Natürlich besuchten sie den alten Herrn, nett und umgänglich war er, und er zeigte Burghard alles, führte ihn herum, das Labor war bestens eingerichtet, alles Nötige vorhanden. Burghard könne sofort anfangen, ja er könne einfach alles lückenlos von ihm übernehmen und die Praxis sofort weiterführen.

Und wohnen?

Ja, auch das. Der alte Herr war weiß Gott nicht arm, zwei Häuser besaß er und in eines davon hätte Burghard sofort einziehen können.

Wie konnte er da noch zögern?

Nein, er zögerte ganz und gar nicht.

Wenn es nach ihm gegangen wäre, sofort und mit Freuden hätte er ja gesagt.

Doch die Sache hatte einen Haken, und das waren die strengen, sehr strengen Einwanderungsbestimmungen in Kanada.

Zu diesen Bestimmungen gehörte neben dem Nachweis von Arbeitsplatz und Wohnung (oder bezahltem und gültigem Rückflugticket!) auch eine gesundheitliche Überprüfung, und was für eine gewissenhafte!

Und eben daran scheiterte alles. Burghard war ja 100 % … behindert.

Eine Sozialversicherung wie in Deutschland gibt es in Kanada nicht.
Nicht, daß es dort im Land nicht auch Dialysepatienten gäbe, ja sicher, die gibt es auch. Die Kanadier, die eine Dialyse brauchten, bekamen sie selbstverständlich auch, aber die wurde vom Staat bezahlt und nicht – wie bei uns – von der Krankenkasse. Und dem Staat durften – wenn überhaupt – nur Bürger des eigenen Landes auf der Tasche liegen, aber keine neuen Einwanderer.
Und so wurde sein Antrag abgelehnt. Es war nichts zu machen.


Allen fiel der Abschied schwer, und so saß endlich, mit allen guten Wünschen versehen, Burghard neben seiner Renate im Flugzeug, und zurück ging es nach Deutschland, nach good old Germany.

Jetzt, auf dem Rückflug, schloß er die Augen. Jetzt er merkte er die Anstrengungen der fünf Wochen und der mehr als sechstausend Kilometer, und durch seine Träume geisterten die unendlich vielen Eindrücke, die er noch nicht restlos verarbeitet hatte.
„Hallo, wach auf, wir sind bald zu Hause."
Mit diesen Worten rüttelte Renate den schlafenden Burghard wach.
„Guck mal raus, über unserem alten Europa sind wir schon längst. Mensch, du hast vielleicht einen gesunden Schlaf. Den ganzen Flug über den Atlantik hast Du verschlafen."
Burghard kam nur schwer zur Besinnung, aber dann rappelte er sich doch auf, und gut eine Stunde später waren sie in Berlin.

Noch viele Tage sollten vergehen, bis Burghard einigermaßen Tritt gefaßt hatte und sein normales Leben wieder aufnehmen konnte. Einer seiner ersten Wege führte ihn natürlich zu der unumgänglichen ärztlichen Untersuchung, aber alles war wie immer, die Werte eigentlich zu hoch, aber stabil geblieben, und so wurden sie toleriert.

Ein Monat nach dem anderen verging.

Arbeit gab es reichlich, aber die berufliche Arbeit machte Burghard auch wirklich Freude, jeden Tag aufs Neue, und so tat er sie gern. Und nach Feierabend ... was war er unterwegs! Eigentlich pausenlos! Eine Aktivität jagte die andere. Sport und die Freunde, das war sein Leben. Zumindest ein sehr großer Teil seines Lebens bestand daraus.

Und schon wieder – kaum ging das Jahr zu Ende – machte Burghard neue Urlaubspläne.

Nur zu Hause in der Beziehung mit der Freundin kriselte es. War ihr etwa der kranke Mann lieber gewesen? War er ihr jetzt zu frei, zu selbständig, zu unabhängig?

Aber Burghard hatte noch nie Hilfe gebraucht, nie Hilfe gewollt. Doch wer konnte oder wollte sagen, was in einem Menschen so vorgeht.

Jedenfalls wurde die Beziehung schlechter und das Zusammenleben war nicht mehr nur eine Freude.

Die regelmäßigen Blutuntersuchungen standen bei Burghard natürlich weiterhin auf dem Programm, aber nach der Transplantation der Niere waren die Abstände mittlerweile immer größer geworden, erst mußte er immer wöchentlich zum Arzt, dann alle vierzehn Tage, dann alle drei Wochen und nun nur noch alle drei Monate.

Wenn es ihm weiterhin unverändert gut ginge, dann könne man den Zwischenraum auf sechs Monate ausdehnen, hatte man ihm bei der letzten Untersuchung gesagt.

Sechs Monate, mein Himmel, das war ein ganzes halbes Jahr! Ein halbes Jahr nicht zum Arzt. Keine Untersuchung in den langen Monaten. Nicht zu fassen. Er strahlte wie ein Licht, als er die Praxis verließ.

Je größer die Untersuchungsabstände wurden, um so freier fühlte sich Burghard. Und sein Aktionsradius wuchs, und wie.


Bei der Transplantation hatten die Ärzte von circa vier Jahren gesprochen, so lange würde er wohl mit der neuen Niere gut zurechtkommen. Und dann? Danach wieder Dialyse?
Ach nein, Burghard fühlte sich gut, die Niere tat ihre Arbeit, warum sollte sie es nicht auch weiterhin tun?
Und so schob er alle ihn manchmal nur heimlich ein bißchen belastenden Gedanken weit von sich, ihm ging es ja auch wirklich gut, er fühlte sich richtig gesund und frei wie ein Vogel, und so wollte er noch lange bleiben.

Und eben mit diesem Gefühl (die letzte Untersuchung vor Antritt der Fahrt war okay, und die Ärzte hatten grünes Licht gegeben), schwang sich Burghard eines schönen Tages auf seine BMW und düste los. Fahren, fahren, nur fahren – das herrlichste Gefühl der Welt.
Aber nicht wie bei der Fahrt durch Kanada bestimmte hier ein anderer den Kurs, nein, hier bestimmte er ganz allein, wohin die Fahrt ging.
Es war ein Erlebnis sondergleichen.
Durch Franken fuhr er, linker Hand kam – leicht im Dunst verschwommen – das Fichtelgebirge in Sicht, und dann ging es weiter über Bayreuth und Nürnberg. Niederbayern durchfuhr er, er rastete am Wegesrand, rastete in Motels und ließ es sich schmekken.
In München legte er eine Rast ein, ein Familienbesuch beim Onkel stand an, viel gab es zu erzählen und spät kam er erst ins Bett. Und dann, am nächsten Tag wieder auf die Maschine.
Irgendwann lag Bayern, ja, lag Deutschland hinter ihm; durch Österreich fuhr er, die Berge wurden höher, und wieder eine Grenze. Am Brenner war er, und hier war Italien.
Früh wurde es hier schon nachmittags dunkel, als die Sonne hinter den steilen Bergen verschwand.

Und dann irgendwann hatte Burghard die große Ebene erreicht, hell und weit offen lag hier das Land, und er wurde nicht müde, die so verschiedenartige Landschaft anzuschauen. Als endlich die ligurischen Alpen ziemlich unvermittelt vor ihm aufstiegen, legte er wieder eine längere Ruhepause ein.

Ja, das wußte er inzwischen: überanstrengen durfte er sich eben doch nicht, und seine Tabletten mußte er auch regelmäßig schlukken. Tat er ja auch.

Doch dann ging es weiter, und nach Stunden endlich erreichte er Genua und das Mittelmeer.
Sonne und Wärme empfingen ihn und südländischer Krach und Verkehr in einer der quirligsten Hafenstädte der Welt.
Gewiß, er hatte sich vor der Reise schlau gemacht und alles gelesen, was ihm in die Finger kam. Aber in natura sieht alles doch ganz anders aus. Burghard kam aus dem Staunen nicht mehr heraus. Ja, er hatte gelesen, Genau sei Italiens größte Hafenstadt. Wie bestätigend nickte er. Sicher aber auch die belebteste. Der Verkehr war einfach atemberaubend, erstaunlich, daß er bei dem Durcheinander überhaupt noch vorwärts kam.
Die Stadt war verrückt, eng, die Berge ließen nur einen schmalen Platz, und dann fing das Meer an.
Die Stadt als solche interessierte Burghard gar nicht so sehr, er nahm sie nur als Gesamteindruck wahr, und das war schon abenteuerlich genug; denn … zum Hafen wollte er, zur Fähre.
Und genau da kam er auch hin.

Und er fuhr mit seiner Maschine auf das riesige Fährschiff, das ihn nach Sardinien bringen sollte. Wagen um Wagen rollte in den Bauch des gewaltigen Schiffes, die Passagiere suchten ihre Kabinen auf, alle gängigen Sprachen Europas schwirrten durcheinander.
Viele lange Stunden dauerte die Fahrt durch das tiefblaue Meer.
Burghard stand stundenlang an der Reling und konnte sich nicht satt sehen. Dann aber mußte auch der Körper zu seinen Recht kommen, er setzte sich in den Speisesaal und bestellte sein Essen,

auch zu trinken, und seine Tabletten mußte er nun auch endlich schlucken. Frohe Menschen saßen zusammen, lachten zusammen, Urlaubsstimmung.

# 12

---

Burghard sah auf die Uhr. Erst gut drei Stunden waren seit dem
Auslaufen des Schiffes vergangen, und wieder stand er draußen
an der Reling. Wie lange sollte die Fahrt dauern? Fast zwanzig
Stunden? Das war eine Seereise!
Stunden später tauchte eine Küste rechter Hand auf: Korsika.
Burghard wurde nicht müde zu schauen, Stunde um Stunde. Und
wie genoß er es.
Gewiß, er hätte auch fliegen können. Längst wäre er dann schon
an Ort und Stelle.
Aber … seit Urzeiten hat das Meer die Menschen gelockt, haben
die Menschen über das Meer geblickt, sehnsüchtig. Sie wollten
wissen, was hinter der feinen schnurgeraden Linie liegt, an der
sich weit das draußen am Horizont Meer und Himmel berühren.
War da auch Land, neues Land?
Und so ähnlich wie ein Entdecker zu früheren Zeiten, so fühlte
sich Burghard, als er die Küste von Korsika an sich vorüberziehen
sah und als dann endlich Sardinien, die große Insel Sardinien auf-
tauchte.
Lange Stunden fuhren sie noch an der Küste Sardiniens entlang,
bis sie endlich – nach neunzehneinhalb Stunden! – in den Hafen
von Cagliari einfuhren.
Südlicher Hafen, Betrieb, Lachen, Winken, laute Rufe, Sonne,
Wind und tausend fremde Gerüche.
Burghard hielt das Gesicht in den Wind und … er war glücklich
wie ein kleines Kind.
Lange dauerte das Anlegen, das Entladen, das Verabschieden der
vielen Menschen, aber was machte das schon.
Unermüdlich hätte Burghard stehen mögen, um dem südländi-
schen Treiben zuzusehen. Das war ein Leben!

Hatte ihn vor Monaten Kanada in seinen Bann geschlagen, so war das ein völlig anderes Gefühl. Dort diese Weite, diese Größe, diese Unberührtheit.

Und hier konnte er nur eines denken: Leben, buntes pralles Leben! Das war um ihn! Leben im Augenblick, wie es wohl nur Südländer können.

Doch nun genug damit, er mußte endlich weg hier und zum Yachthafen hin, dort wurde er erwartet, denn dort lag sein Traum: ein Katamaran.

Und genau den fand er, den bestieg er tags darauf und dann segelte er los.


Am Abend vorher hatte er rasch noch zu Hause angerufen, Mutters Stimme klang besorgt wie immer, und tausend Ratschläge zum Vorsichtigsein und Aufpassen hörte er, wollte sie ja auch beherzigen, aber … dann hatte er den Katamaran bestiegen, ein herrliches Gefährt, acht Meter lang.

Leinen los, der Wind erfaßte ihn, und dann war alles vergessen: die Familie in weiter Ferne, die Ärzte, das Krankenhaus, die Krankheit, alles war vergessen, was hinter ihm lag – und nur das Jetzt, das Segeln, die Sonne und das Meer zählten noch und … das Glücklichsein. Ja, Burghard war glücklich. Und dann erforderte das Segeln seine ganze Konzentration und vollste Aufmerksamkeit.


Es war ein Leben ohnegleichen. Tagsüber Segeln, die Wellen rauschten gleichmäßig, das Schiff hob und senkte sich im ewigen Rausch der Wellen. Fischer begleiteten seine Fahrt, die Sonne schien und der Wind kühlte seine schon reichlich gebräunte Haut. Und dann nach Stunden das Anlegen in einem kleinen Hafen, einer verschwiegenen Bucht.

Das Sitzen bei einer Mahlzeit und einem Glas Wein, das ursprüngliche Leben der Menschen um sich herum zu spüren. Wenn man Burghard gefragt hätte, sicher hätte er nicht sagen können, was schöner sei, das Segeln oder die Stunden an Land. Beides, beides zusammen erst machte den Reiz und die Verzauberung dieses Urlaubs aus.

Alles sah er und nahm es mit geschärften Sinnen auf; Felsenküste, macciabewachsene Hänge, die ihren Duft noch weit übers Meer schickten, die vielen Nuraghen sah er, so unverkennbar für Sardinien, einsame Hirten konnte er mit ihren Herden erkennen; ein vielfältiges Eiland.

Und endlich, als er meinte, noch mehr neue Eindrücke fast nicht mehr in sich aufnehmen zu können, da war auch dieser herrliche Urlaub zu Ende, und er mußte seinen Katamaran wieder im Hafen vertäuen.

Aber das, was er alles an Herrlichem gesehen hatte, das lebte fort in seiner Erinnerung und das konnte ihm niemand mehr entreißen. Nur schwer konnte sich Burghard nach diesem Urlaub wieder zu Hause eingewöhnen.

Zum anderen ging es ihm auch nicht so besonders gut. Sollte etwa die Niere …?

Er mochte gar nicht an so etwas denken. Es waren doch noch keine vier Jahre vergangen, die Zeit, welche die Ärzte möglicherweise als Lebensdauer für die neue fremde Niere angegeben hatten. Nein, das durfte ganz einfach nicht sein! Bei der nächsten Untersuchung machten die Ärzte zwar etwas bedenkliche Gesichter und verordneten ihm neue Medikamente, noch mehr Medikamente, aber sonst blieb alles beim alten, unverändert. Gott sei Dank.

Vielleicht spielten auch andere Gründe mit. Die Beziehung mit Renate, der Krankenschwester, verschlechterte sich immer mehr, beinahe zusehends, und ehe es in eine regelrechte Quälerei ausartete, trennten sie sich. Wie sagt man so treffend: lieber ein Ende mit Schrecken, als ein Schrecken ohne Ende.

Burghard litt auch nicht sonderlich: erstens hatte er seine Arbeit, die ihm nach wie vor Freude machte, sein bester Freund arbeitete eng mit ihm zusammen; auch die anderen Freunde waren stets für ihn da, die ganze Familie. Was konnte ihm geschehen?

Und sehr lange blieb Burghard auch nicht allein. Er lernte eines mittags seine Petra kennen, rein zufällig, ein liebes, natürliches Mädchen. Lustig war sie, aber nicht albern, ja, das war ganz nach seinem Geschmack. Sie sei Schuhverkäuferin, erzählte sie ihm, und oft mit ihrer Clique hier. Das waren alles junge, unbeschwerte Leute, die in der Nähe arbeiteten, und sie trafen sich fast täglich, weil eine Mutter für diese ganze Clique kochte. Was gab es da immer zu erzählen und zu kichern! Erst war es nur Kichern, Lachen und Geplänkel, aber dann trafen sie sich immer öfter, ja täglich, sie wurden vertraut miteinander, und dann erzählte Burghard natürlich alles über seine Krankheit.

Erschrak Petra? Hatte er das befürchtet? Nein, er hatte es nicht befürchtet, das hätte auch gar nicht zu ihr gepaßt. Sie war ein vernünftiges Mädchen.

Aber kurz danach ging sie auf Reisen, ihr lang geplanter Urlaub stand an, sie konnte und wollte ihn nicht mehr rückgängig machen. Das erwartete Burghard auch gar nicht. Und daß sie ihn wieder gleich vergessen würde, nein, das konnte er sich auch nicht vorstellen. Und das konnte sie auch nicht, im Gegenteil, täglich rief ihn Petra an. Und was war es für eine Freude, als sie endlich zurück war. Ja, jetzt merkten sie es, sie würden zusammenbleiben.

# 13

---

So wie Burghard ihr erzählte von der langjährigen Beziehung mit Renate, der Krankenschwester, so erzählte auch Petra ihm alles aus ihrem bisherigen Leben, so wie es Verliebte überall auf der Welt tun, wenn sie in Zukunft ihr Leben zusammen verbringen wollen. Auch Petra hatte gerade so eine „Affäre" hinter sich gebracht und war wohl froh darüber.

Sie blieben zusammen, verstanden sich von Tag zu Tag immer besser, ja, sie waren unzertrennlich. Und Petra stellte Burghard auch zu Hause vor, wo ihn speziell ihre Mutter mit offenen Armen empfing. Von seiner Krankheit war ja auch nichts zu merken, er hatte die Spenderniere und war bis auf die Einnahme von Tabletten gesund.
Petra war ihm zutiefst dankbar, daß er vom ersten Tag an mit offenen Karten spielte. Alles, aber auch alles erzählte ihr Burghard.
Und die beiden wurden ein gutes Gespann.
Jede freie Minute verbrachten sie zusammen, und im Herbst endlich ging es zusammen in Urlaub. Und in was für einen Urlaub …
Sie fuhren los mit einem BMW-Motorrad, das Gepäck wurde irgendwie verstaut, aber dann endlich saß Petra auf dem Sozius, umfaßte ihren Burghard, und ab ging die Post.
Von Berlin nach München, das war schon eine Strecke mit dem Motorrad, aber dann erst kamen die Berge. Durch das herrliche Land Tirol fuhren sie. Fahren, schauen, anhalten, glücklich sein. Welch ein Leben für die beiden Reisenden, für die beiden Verliebten. Sie machten Rast und guckten zum wer-weiß-wievielten Male auf die Landkarte. Ja, die Seen, die vielen lockenden Seen – die mußten sie sehen.
Und hier in diesem wunderschönen Land, in Neukirchen a. d. Vöckla, wo seine Eltern Urlaub machten, feierte Burghard seinen 25. Geburtstag, zusammen mit seiner Petra und seinen Eltern. Was

konnte schöner sein? Es war einer seiner schönsten Geburtstage überhaupt. Jung war er, eigentlich doch gesund, oder … und das süsseste Mädchen an seiner Seite, das man sich nur erträumen konnte. Was konnte ihm noch geschehen.

Sie feierten diesen Geburtstag und wie sie ihn feierten und liessen den Abend ausklingen, mit einer echten Maß Zipfer Bier. Ein herrlicher Tag!

Am nächsten Tag ging es weiter, all die herrlichen Seen besuchten sie, umfuhren sie: Attersee, Mondsee, Traunsee. Sie wußten nicht mehr, welches der schönste war, aber das war auch einerlei. Alles war herrlich, was sie zu sehen bekamen. Und immer weiter ging ihre Fahrt.

Kufstein und Wörgl an der Inntal-Autobahn waren an ihnen vorbeigeglitten, rechter Hand türmte sich das Karwendelgebirge auf, die imposante Nordkette stieg unmittelbar hinter Innsbruck auf, ein beeindruckender Anblick. Ab Landeck folgten sie dann dem grünen Inn, diesem schäumenden, rastlosen Gebirgsfluß, und so erreichten sie endlich ihr Quartier in Pfunds.

Reineweg atemlos waren sie vor Begeisterung über die Schönheit der Landschaft, die sie sahen, und noch glücklicher waren sie darüber, daß sie dies alles zusammen sahen.

Und am nächsten Tag ging es weiter, immer weiter, sie fuhren durch das Kauner Tal und erreichten den Stausee, den Gepatschspeicher. Ein Erlebnis. Allgewaltig türmten sich die Ötztaler Alpen auf. Ganz stumm waren Petra und Burghard. Es war einfach überwältigend, diese urgewaltigen Felsen, Berge und Gletscher zu sehen. Und es verschlug ihnen wirklich und wahrhaftig die Sprache. Zwei Wochen hatten die beiden Reisenden Zeit. Gewiß, zwei Wochen waren nicht allzu lang, aber ihnen mußte es genügen. Und so fuhren sie weiter.

Von St. Ulrich führte sie ihr Weg durch die beeindruckenden Dolomiten bis nach Bozen. Bozen, diese herrlichen Stadt mit den Laubengängen und dem riesigen Obstmarkt empfing sie mit Sonne, mit südlich warmer Sonne, einem unwahrscheinlich blauem Himmel und einer Luft wie Seide.

Und immer weiter führte sie ihr braves Radl – wie die Österreicher sagen würden –, von einer beglückenden Landschaft in die andere, und so, wie die große Straße sich durch die blühenden Lande schwang, so schwangen ihre Herzen im gleichen Rhythmus. Wie herrlich war die erste gemeinsame Reise.

Am Abend zuvor hatte Petra noch besorgt gefragt: „Geht es dir auch wirklich gut, ist das alles nicht doch zu anstrengend für dich?" Heute fragte sie nicht mehr. Burghard hatte sie beruhigen können. Nein, es ginge ihm gut, wie könne sie nur daran zweifeln … Und wirklich, auch die letzten Tage ihres traumschönen Urlaubs verliefen voller Harmonie und mit nach wie vor herrlichem Wetter. „Wenn Engel reisen …" spottete Burghard, „dann muß auch die Sonne scheinen."

Auf der Heimfahrt war Petra ganz still, nicht, daß sie müde war, oh nein. Sie war hellwach, und ebenso hellwach hatte sie ihre Gedanken auf die Reise geschickt. So, wie jetzt im Urlaub müßten sie immer zusammensein können, zusammenleben, zusammenwohnen.
Und hier genau lag das Problem, was beide doch etwas bedrückte.
Als Burghard sich von seiner langjährigen Freunden getrennt hatte, da hatte er ihr die Wohnung überlassen und war zurück zu seinen Eltern gezogen. Sie hatten ihn mit offenen Armen aufgenommen. Gut, sie waren ebenfalls erstaunt, daß er alles zurückgelassen, Renate überlassen hatte, aber Burghard war so! Vielleicht wollte er auch instinktiv nachträglich Dank abtragen für die Jahre, die sie mit einem mehr oder wenigs kranken Mann verbracht hatte. Das war ihm sicher gar nicht selbst bewußt, vielleicht war es auch nur Anständigkeit, wer will es sagen? Sicher gab es auch welche, die nannten es Dummheit. Aber das alles berührte Burghard nun nicht weiter.

So gut er sich mit seinen Eltern, mit seinem Bruder, mit der ganzen Familie verstand, jetzt tat es ihm doch ein bißchen leid. Jetzt hätte er die Wohnung gut brauchen können. Dann könnten sie beide zusammenziehen.

Petra hatte nämlich nicht so viel Glück wie Burghard, sie konnte nicht zu ihren Eltern zurück. Ihr Vater war streng und blieb unerbittlich: „Wer einmal ausgezogen ist, ist eben ausgezogen. Da gibt es kein Zurückkommen nach Hause mehr."

So gut sich Petra auch mit ihrer Mutter verstand, aber … da war eben nichts zu machen.

Und so wohnte sie eben mehr schlecht als recht. Oh ja, sie wäre schon gern mit Burghard zusammengezogen. Denn daß sie zusammenbleiben würden, daß sie auch irgendwann heiraten würden, das war sonnenklar.

Aber irgendwann würde es schon klappen, da war sie ganz zuversichtlich, und mit diesen freundlichen Gedanken lehnte sie sich fest an Burghards Rücken auf der Maschine, und so kamen sie auch wieder gut zu Hause an.

# 14

---

Sie waren und blieben unzertrennlich. Da die Wohnverhältnisse sich vorerst nicht besserten, sahen sie sich täglich, jeder ging praktisch nur zum Schlafen nach Hause, und jedes Wochenende waren sie unterwegs, sofern es das Wetter zuließ. Manchmal wollte Mutter Koch besorgt warnen, aber wenn sie die glückstrahlenden Gesichert der beiden sah, unterließ sie es, und schon waren sie auf und davon: mal rasch in den Harz, mal fix nach Hamburg.

Als Vater und Mutter Koch in Urlaub fuhren, erlaubten sie Petra, in der Zeit bei Burghard zu wohnen. Es waren einfach drei herrliche Wochen.

Dann ging es Burghard schlechter, das heißt, er merkte erst gar nicht viel davon, aber seine Werte wurden schlechter. War die herrliche Zeit ohne Dialyse jetzt schon zu Ende? Nur das nicht! Nein, sie war noch nicht zu Ende. Man sprach zwar mal kurz im Krankenhaus von einer eventuellen drohenden Abstoßung der Niere, aber es gab neue Medikamente, noch mehr Medikamente, und dann war die Gefahr gebannt.

Dem Himmel sei Dank.

Hatte früher der Sport das ganze Denken von Burghard bestimmt, so war es jetzt das Reisen. Gar nicht genug konnte er davon bekommen, recht viel von den Schönheiten der Welt zu sehen. Tief innen mußte die unterdrückte Angst sitzen, eines schönen Tages wieder dialysepflichtig zu sein und somit mehr oder weniger unbeweglich.

Im frühen Sommer wollten seine Eltern nach Griechenland … und Burghard und Petra fuhren mit.

Die Eltern hatten ein Wohnmobil. Es war eigentlich ein umfunktionierter LKW, aber was machte das schon.

Sogar seine Maschine konnte Burghard mitnehmen, und dann ging es los.

Auf der Halbinsel Thessaloniki waren sie, Hotels und Bungalows gab es direkt am blauen Meer, alles erkundeten sie, von ihrem Standplatz hatten sie nur drei Schritte zum Meer, und eben von dort fuhren sie auch hoch nach Cavallo. Alles wollten sie sehen. Und mit der Fähre ging es zur Insel Thassos. Freunde von Mutter und Vater Koch hatten dort ein Appartement, und dort wurden sie erwartet. Wenn es einen Garten Eden auf dieser Welt gibt, dann müßte er hier sein. So stellten sich Burghard und Petra das Paradies vor. Überwältigend schön. Von diesem paradiesischen Fleckchen Erde fuhren sie – nun mit dem Motorrad – durch halb Griechenland und blieben noch eine Woche in Athen.

Eindrücke über Eindrücke, Schönheiten ohne Ende.

De Akropolis bei Sonnenuntergang, das kann man nie wieder vergessen. Und Burghard wollte auch nichts davon vergessen.

Um überall hinzukommen, hatten sich die beiden eine ausführliche Autokarte gekauft, aber, als sie diese zum ersten Mal ausbreiteten, o Schreck, da konnten sie nichts lesen, alles kyrillische Schrift. Aber Burghard kam schon genau da hin, wo er hin wollte. Und eines schönen Tages kamen sie auch wohlbehalten wieder zu Hause an.

Seine Freunde, seine so heißgeliebten Kumpels bzw. Kollegen freuten sich mit ihm und seiner Petra, daß sie das alles unternommen hatten und des Erzählens war kein Ende.

Und dann geriet mit einem Mal der Sport, die Freunde, das Reisen ins Hintertreffen, denn … Burghard und Petra bezogen eine Wohnung, ihre erste gemeinsame Wohnung. Endlich. War das eine Freude. Und nichts anderes mehr zählte.

Es war eine richtige niedliche Junggesellenwohnung, in Wedding gelegen. Eigentlich wunderschön. Nur einen Haken hatte die Sache: diese Wohnung war gegenüber der Wohnung von Burghards „Ehemaliger" – und so kam, was kommen mußte, sie sahen sich, sie begegneten sich, und es gab Ärger.

Absichtlich lauerte Renate des öfteren Petra auf und redete unaufhörlich auf sie ein, ja, sie machte sie richtiggehend fertig. Und immer wieder betonte sie, daß sie seit langen Jahren Krankenschwester sei, während Petra doch in ihren Augen überhaupt keine Ahnung habe, auch nicht ermessen könne, was sie durchgemacht habe.

Es war scheußlich, es war zermürbend, und es war auch irgendwie entwürdigend.

Petra informierte sich eingehend über Burghards Krankheit und hatte mit Sicherheit in kürzester Zeit die gleichen Kenntnisse. Und vor allem, sie war gewillt, ihr Leben mit ihm zu teilen, egal, was da auf sie zukommen würde.

Aber die Querelen machten ihr doch sehr zu schaffen, ja, mehr oder weniger sogar ihnen beiden, so daß sie heilfroh waren, als sie endlich eine andere Wohnung beziehen konnten.

Eine schöne Wohnung, eine größere Wohnung war es, in einer herrlichen Gegend: Unter den Eichen.

Und nun konnte endlich geheiratet werden.

Am 13. 12. saßen Burghard und Petra vor dem Standesbeamten und sagten freudigen Herzens „ja" zu einander.

„Mein Mädchen, jetzt bin ich erst ganz beruhigt."

Mit diesen Worten drückte Mutter Koch ihre Schwiegertochter an sich, und nun konnte gefeiert werden.

Alle waren sie gekommen, die Familie, Burghards Freunde, vor allem die beiden, mit denen er seit ewigen Zeiten zusammen war, die auch gleichzeitig seine Berufskollegen waren. Männer, die sich mochten, die sich ohne Worte verstanden, die sich gegenseitig halfen, echte Freunde.

Sie kamen aus dem Feiern gar nicht raus. Tage später war Weihnachten. Wie war das schön und heimelig in der eigenen Wohnung. Wie freuten sich die Eltern, als sie einen Feiertag bei ihnen waren und wie fröhlich feierten sie als Ehepaar Silvester mit ihren guten Freunden.

Das Leben war einfach herrlich. Schöner konnte es nicht mehr werden.

Und kaum hatte man Zeit gehabt, sich an das neue Jahr zu gewöhnen, da stand schon wieder eine Feier auf dem Programm: im Februar fand die kirchliche Trauung von Burghard und Petra statt. Wie ein Licht strahlten sie beide. Und alle, die dabei waren, empfanden nur eines: die gehören zusammen und die bleiben zusammen.

Bis in die Nacht hinein wurde gefeiert, und dann ging es für ein paar Tage zum Skilaufen.

# 15

Und dann … war es erst einmal aus mit den meisten sportlichen Aktivitäten.

Sie bauten ihr Nest zu Hause aus, immer schöner, immer gemütlicher wurde es, denn … Petra war schwanger.

Hatte sie Befürchtungen?

Nein, eigentlich nicht. Aber vorsichtig waren sie beide, allen behandelnden Ärzten wurde vorsorglich die Krankheit des werdenden Vaters mitgeteilt und Petra wurde rund um die Uhr überwacht. Doch alles ging reibungslos, nichts Böses geschah, und Tochter Jennifer wurde geboren, rund und gesund, alles ganz unproblematisch. Welch ein Glück.

Viel hätte sicher auch nicht passieren können. Das Kind kam im Klinikum zur Welt, wo alle Akten von Burghard lagen. In der ganzen Familie herrschte nur Freude und Dankbarkeit. Mutter Koch, nun Oma, ging ganz auf in ihrer neuen Rolle.

Die kleine junge Familie war glücklich.


Sie hätte noch glücklicher sein können, wenn es da nicht auch ein paar finanzielle Sorgen gegeben hätte. Aber die hat man ja meist, wenn man jung ist und die Kinder klein sind.

Zum einen war die schöne neue Wohnung teuer, einfach zu teuer, dazu kam, das Petra ihre Arbeit hatte aufgeben müssen. Verkäuferinnen stehen ja bis spät in den Abend im Laden, und das konnte sie jetzt mit einem Baby nicht mehr.

Aber was tun?

Sie hatte sich inzwischen anderweitig informiert, sie hatte Neues gelernt, nämlich am Computer und auf der Schreibmaschine zu schreiben und ging als Bürogehilfin.

Aber – o Schreck – nach der Probezeit wurde sie nicht übernommen. Wie heute üblich.

Ja, was nun?

Petra war unerhört anpassungsfähig, und so fand sich bald auch etwas Neues: sie fing als Stationshilfe im Krankenhaus an. Krankenhaus, na, gar nicht so schlecht, man hörte manches, man sah vieles, so verkehrt konnte das nicht sein, wer weiß, wie man es mal gebrauchen konnte.

Und gern machte sie die Arbeit auch. Sie hatte ein Ohr für die alten Menschen in dem geriatrischen Krankenhaus und war dort sehr beliebt.

So verging die Zeit.

Burghard ging es mal gut, mal schlecht, mal sahen seine Nierenwerte recht bedrohlich aus, dann wieder ging es mit Hilfe von Tabletten besser, ein ewiges Auf und Ab.

Klein-Jennifer wuchs, und zwischendurch waren sie auch ein paar Mal mit Freunden unterwegs.

Und dann endlich bekamen sie auch eine andere Wohnung, eine preiswertere, und besser geschnitten war sie auch. Endlich hatten sie auch Platz für das Kind. Oder vielleicht für noch eines? Wer weiß?

Sie räumten, sie richteten ein, sie verschönerten, sie luden die Familie und Freunde ein, und sie waren rundum glücklich und zufrieden.

Weihnachten hatte die kleine Jennifer mit großen Augen den Weihnachtsbaum bestaunt, und nun war es schon wieder Silvester, ein neues Jahr fing an. Mittlerweile war es Burghards siebtes Jahr mit der amerikanischen Niere in seinem Körper.

Um Mitternacht – an der Schwelle eines neuen Jahres – sahen sich Burghard und Petra tief in die Augen „Alles Gute, mein Liebling, möge es immer so bleiben mit uns!" Das waren ihre Gedanken, das waren ihre Wünsche an die Zukunft. Eine kleine glückliche Familie wollten sie sein, weiter nichts.

Und das waren sie auch.

Tagsüber arbeiten sie, ab Nachmittag waren sie nur für das Kind da, die Eltern kamen zu ihnen, die Freunde. Sie kochten beide und zwar mit wahrer Leidenschaft. Petra konnte wunderbar backen, und zwischendurch fuhren sie ab und zu weg. Zwar nicht mehr so weit wie in den vergangenen Jahren, schon wegen des Kindes , aber sie waren unterwegs, und das Leben war schön, einfach wunderschön.

## 16

Sommer wurde es, Burghard und Petra hatten Urlaub, und jede freie Minute waren sie draußen auf der kleinen Insel Valentinswerder in der Havel, wo Burghards Eltern ein Grundstück hatten. Ein herrliches Eiland, abgeschnitten von der Welt und doch mitten in der Großstadt. Jede Stunde legte die Personenfähre an, sonst waren sie allein mit sich und der Natur und mit ein paar Gleichgesinnten. Vater Koch werkelte im Garten, Mutter Koch wirtschaftete in der Küche und sorgte für das leibliche Wohl der Familie, und die kleine Jennifer konnte im Grünen spielen.

„Laubenpieper-Idylle" nennen die Berliner so etwas, aber man ließ sie ruhig spötteln. Schöner konnte man es gar nicht haben, und sie alle waren rundum glücklich und zufrieden dabei und ließen es sich gutgehen.

Groß waren die Abstände zwischen den Untersuchungsterminen geworden, immer ein halbes Jahr lag jetzt dazwischen, und so ging Burghard auch voll guten Mutes ins Krankenhaus, als sein nächster Termin anstand.

Ein Weilchen dauerte es schon, bis er das Ergebnis in den Händen hatte. Aber was machte das schon, er kannte die Ärzte und Schwestern hier, sie kannten ihn, es gab immer etwas zu erzählen, und so verging die Zeit.

Doch diesmal war es anders: er solle noch etwas warten, ein bißchen Geduld noch.

Und dann wurde er zum Arzt gebeten. Und als er dessen Gesicht sah, wußte er: es stimmt irgend etwas nicht.

Nein, es stimmte ganz und gar nicht! Seine Werte hatten sich rapide verschlechtert.

Um es schlicht und einfach zu sagen: sie waren hundsmiserabel. Und hier fiel zum ersten Mal ein Wort von einer möglichen Abstoßung der Niere.

Burghard nickte mechanisch vor sich hin. Hatte er es im stillen, ganz im Inneren nicht immer befürchtet? Ja, befürchtet schon – aber immer weit von sich geschoben.

Kam er nun wieder an die Dialyse?

Nein, noch nicht. Er konnte wieder nach Hause gehen, er bekam neue Medikamente, und er mußte sich jetzt wieder jede Woche zur Untersuchung im Krankenhaus einfinden.

Und Petra? Nein, sie erschrak gar nicht einmal. – Auch sie hatte es befürchtet, geahnt, und … auch immer wieder von sich gewiesen. Aber sie stand zu ihrem Mann, konsequent und vorbehaltlos. Da brauchte er sich keine Sorgen zu machen.

Zwischen Hoffen und Bangen und ständig schlechter werdenden Nierenwerten vergingen die Monate. Und inzwischen war Jennifer ein süßes drolliges kleines Mädchen geworden, das überall herumtobte und ihren Vater zum Lachen brachte.


Die Werte wurden nicht mehr besser. Ganz im Gegenteil, jede Blutabnahme ergab eine kontinuierliche Verschlechterung. Und Burghard war inzwischen längst klargeworden, was das bedeutete. Nur, heute war er viel verantwortungsbewußter, denn er hatte eine Familie, und so erschrak er auch nicht allzusehr, als man ihm eines Tages eröffnete: „Wir kommen nicht um die Tatsache herum, Herr Koch. Sie müssen wieder an die Dialyse."

Einen Schrecken jagte ihm die Maschine heute nicht mehr ein, nur seine Freiheit wurde beschnitten. Ja, das war's. Doch auch das war heute nicht mehr so schlimm, wie damals als so junger Mensch. Die größte Hilfe bei allem war seine Familie, allen voran seine Petra, diese so vernünftige, zupackende Frau, die einfach, ohne zu fragen, alles tat, was nötig und möglich war. Dem Himmel sei Dank, daß er sie hatte. Etwas Besseres als sie hätte ihm in seinem Leben gar nicht passieren können. Und alle um ihn herum waren der gleichen Meinung: seine Eltern, sein Bruder, seine Freunde.

„Petra macht das schon, wirst Du sehen!" war die einhellige Ansicht aller.

Ja, und dann war es eines Tages wieder soweit: Burghard kam an die Dialyse. Der alte Shunt, damals vor so vielen Jahren gelegt, funktionierte noch. Das war die Sensation! Es gab auch keine Operation, wie alle erst dachten.

Mußte die transplantierte Niere nicht raus? Offenbar nicht.

Im Grunde genommen war es eine kuriose Situation: Burghard hatte jetzt drei Nieren im Körper, seine beiden eigenen und die transplantierte, und keine funktionierte. Wenn doch wenigstens eine arbeiten würde!

Taten sie aber nicht!

Und so mußte Burghard letztendlich doch glücklich sein, daß es eben diese Maschinen, diese Ärzte und diese Krankenschwestern gab, die ihn am Leben hielten, nicht nur für sich, sondern auch für seine geliebte kleine Familie. Und wieder bestimmte – wie vor der Transplantation vor acht Jahren – die Dialyse seinen Lebensrhythmus. Jeden Montag, Mittwoch und Freitag mußte er ins Krankenhaus. Und das Leben der Familie pendelte sich auf die bestehenden Verhältnisse ein.

Doch wer glaubte, Burghard ließ sich nach diesen langen Jahren der genossenen Freiheit nun unterkriegen, runterziehen, der täuschte sich, und zwar gründlich. Burghard ließ sich das Leben nicht vermiesen, das Leben mit seiner Petra und der kleinen Jennifer.

Kaum hatte er sich dem Rhythmus der Maschine wieder angepaßt, da machte er auch schon wieder Urlaubspläne. Es waren Jahre vergangen, und es gab inzwischen in den Krankenhäusern Listen, Verzeichnisse mit Kliniken an bekannten Urlaubsorten, wo man seine Dialyse vornehmen lassen konnte.

„Na also", grinste Burghard seine Petra an „alles halb so schlimm. Wir können nach Innzell mit der Kleinen fahren, in Bad Reichenhall gibt es eine Dialysemöglichkeit. Das ist mit der Maschine ein Katzensprung!"

Und wirklich, so machten sie es. Sie verbrachten einen herrlichen Urlaub im Winter dort.

Jeden zweiten Tag fuhr Burghard zur Dialyse nach Bad Reichenhall.

Vieles hatte sich geändert in den letzten Jahren, auch zum Positiven: jetzt dauerte die Dialyse nicht mehr sechs bis sieben Stunden wie damals am Anfang, sondern er war schon nach vier Stunden fertig.

Es war ein wunderschöner Urlaub, sie sind Ski gelaufen und sie haben ganz toll Silvester in den tiefverschneiten Bergen gefeiert. Man darf sich eben nur nicht unterkriegen lassen. Und das tat Burghard nicht.

Bestens erholt kamen sie im Januar wieder in Berlin an, schon sehnsüchtig erwartet und herzlich begrüßt von Mutter und Vater Koch, die erst einmal staunten: „Jennifer, Püppi, wie gut hast du dich erholt, richtig Farbe hast Du bekommen", um dann Sohn und Schwiegertochter an sich zu drücken

„Es war ja auch ein toller Urlaub!" konnte Burghard nur bestätigen. „Wir sind Ski gelaufen, und Jennifer war rodeln. Was meint Ihr, sie war gar nicht davon wegzubringen, stundenlang waren wir draußen im Schnee. Es war aber auch herrliches Wetter."

„War so schön, Oma", lachte auch Jennifer und drückte sich ganz fest an ihre Großmutter.

„Und mit der Dialyse ging auch alles reibungslos," erzählte Petra, „du kannst ganz beruhigt sein."

Sie kannte die Besorgnis ihrer Schwiegermutter.

## 17

Und so ging das Leben weiter, das Leben mit der Maschine im ständigen Gleichmaß der Behandlungen.

Sicher, man konnte so leben, einigermaßen gut sogar. So viele Menschen auf dieser Welt müssen damit leben. Und trotzdem sprachen sie manchmal in der Familie davon.

„Kommst Du nun wieder auf die Warteliste für eine Transplantation? Was meinen die Ärzte? Wann könnte es so weit sein? Kann man das öfter machen?"

Auch Burghard und Petra sprachen manchmal zu Hause in stillen Stunden darüber und erwogen das Für und Wider. Nein, eigentlich gab es gar kein Wider.

Schön wäre es schon, wenn man nicht dreimal in der Woche an die Maschine müßte.

Wieder stand Urlaub an. Es war inzwischen Sommer geworden, Burghard und Petra wollten ihren Jahresurlaub nehmen, sie mußten sich um einen Urlaubsplatz kümmern. Noch mehr ging es aber darum, daß eine Dialysemöglichkeit in der Nähe war.

„Was hältst Du von der Nordsee, das Klima soll dort so gesund sein, auch für Jennifer. Was meinst Du?"

Burghard und Petra beratschlagten, die Familie diskutierte darüber und auch die Ärzte wollten ein Wörtchen mitreden. Aber ehe sie sich für einen Platz an der See entschieden hatten, gab es wieder eine Neuigkeit: Jennifer würde ein Geschwisterchen bekommen!

Ja, Petra war wieder schwanger. Aber in Urlaub fahren wollte sie noch. Seeluft war sicher für alle gut, und so entschieden sie sich für die Insel in „Deutschland ganz oben": Sylt.

Und versehen mit allen guten Wünschen der ganzen Familie fuhren sie los.

Oh ja, die Insel war schön, sie war wirklich so schön, wie es all ihre begeisterten Fans immer und immer wieder in den höchsten Tönen priesen (ohne im einzelnen sagen zu können, was nun so besonders an der Insel sei). Die ganze Insel in ihrer Vielfalt durchstreiften sie, standen am roten Kliff in Kampen, am weißen Kliff in Keitum und am uralten Morsum-Kliff. Sie sahen den Wellen und den Möwen zu, sie spazierten am Strand, sie spazierten durch die quirlige und ach so teure Friedrichstraße in Westerland.

„Preise haben die hier, teurer als am Ku'damm in Berlin!" Diese Bemerkung konnte sich Petra nicht verkneifen. Aber was soll's? Am Ku'damm geht man ja auch nicht einkaufen, sondern man bummelt da nur mal zum Gucken entlang. Und genau das taten sie hier auch. –

Sie bewunderten die unzähligen wilden Rosen. Sie standen am Lister Hafen und sahen den auslaufenden Fährschiffen zu, sie saßen in den einsamen Dünen an der Braderuper Heide, und sie fuhren mit einem der Adler-Schiffe von Hafen Hörnum zu den Seehundsbänken.

Und … zwischendurch, jeden zweiten Tag, ging Burghard an die Dialyse.

Und hier auf Sylt – o Wunder! – durfte Petra die ganzen Stunden mit dabei sein, sogar die kleine Jennifer durfte die lange Zeit über bei ihrem Vater am Bett sitzen. Zum erstenmal in ihrem Leben erlebte Petra richtig mit, was es heißt, an der Dialyse zu sein.

Jetzt endlich wußte sie Bescheid, und dieses Erlebnis schweißte die Eheleute noch mehr zusammen. Bei jeder Dialyse auf Sylt waren Petra und Jennifer mit dabei. So war es nicht nur ein wunderschöner Urlaub, sondern auch ein Erlebnis sondergleichen, das alle gleichermaßen beeindruckte.


An diesen Urlaub dachten sie noch lange zurück. Doch stand anderes, wichtigeres an: wieder ging Petra ins Krankenhaus, und wieder wurde ein gesundes Kind geboren: Marvin. Ein gesunder Junge. Welche Freude!

Sie waren eine rundum glückliche Familie. Mit den Großeltern wurde gefeiert, mit den Freunden, ja sogar im Krankenhaus wurde die Geburt von Burghards Sohn gefeiert.

Das Leben lief in geordneten Bahnen. Burghard und Petra gingen ihrer Arbeit nach, die Kinder wuchsen auf, alle Familienfeste wurden zusammen begangen, bei gutem Wetter trafen sie sich alle auf dem Inselgrundstück von Vater Koch, und alle zwei Tage ging Burghard zur Dialyse. Ein wohlgeordnetes Leben, mit dem man zurechtkommen konnte.

Nur Petra suchte nach einer Möglichkeit, mehr Zeit für ihre Familie zu haben. Mit dem Dienst im Krankenhaus war sie doch sehr eingeengt.

Es kam Hilfe von einer Stelle, von der sie es am wenigsten erwartet hätte: von ihrer eigenen Arbeitsstelle.

Das Deutsche Rote Kreuz unterhielt auch ambulante Dienste, und eben für diese Tätigkeit als mobile Pflegekraft wurde Petra wärmstens empfohlen. Mobil und beweglich war sie, den Führerschein hatte sie längst gemacht, und so stand dem nichts mehr im Wege.

Sie nahm ihre neue Tätigkeit auf und konnte sich ihre Zeit besser einteilen, für Burghard, für die Kinder, für die Familie eben. Und alle waren es zufrieden.

## 18

Mehr als zwei Jahre bestimmte nun schon wieder die Dialyse das Leben, und nach Rücksprache mit seinen Ärzten hatte sich Burghard erneut auf die Warteliste für eine Spenderniere setzen lassen.

„Papa an Ha-alyse", konnte sogar Marvin schon sagen, wenn Besuch kam und Petra ihren Mann entschuldigen mußte.

Die Familie lebte im Rhythmus Montag — Mittwoch - Freitag.

Und dann kam der Anruf des Krankenhauses „Die Niere ist da!"

Wie vor zehn Jahren, es lief die gleiche Prozedur ab, vor der Operation erfolgte eine Dialyse, dann die Operation – und nach der Operation das Warten, ob die Transplantation geglückt war und die Niere ihre Arbeit aufnahm.

Eine Nierentransplantation ist zwar eine schwierige, jedoch inzwischen gut beherrschbare Operation. Das fremde Organ muß natürlich gesund sein und in seinen Gewebemerkmalen möglichst gut zum Empfänger passen. Die Operation selber beschränkt sich stets au die Einpflanzung *einer* Niere, da ein gesundes Organ in der Lage ist, alle Ausscheidungsaufgaben zu bewältigen.

Die Spenderniere wird nicht am gleichen Platz eingenäht, wo das kranke Organ sitzt. Vielmehr hat es sich bewährt, die neue Niere im rechten Unterbauch an die zu- und abführenden Blutgefäße anzuschließen. An diesem Platz liegt die Niere gut geschützt, auch kann der Harnleiter ohne Umwege in die Blase eingepflanzt werden. Es ist ein großer Eingriff, sicher, der aber in vielen großen Kliniken mittlerweile schon Routine ist.

Diesmal war Burghard seltsamerweise aufgeregter und auch ungeduldiger als beim ersten Mal. Jetzt ging es nicht um ihn allein. Nein, alle seine Gedanken kreisten um seine kleine Familie, sein wirklich „Ein und Alles" auf der Welt. Für sie wollte und mußte er leben. Mit diesen Gedanken und viel Narkotika schlief er ein.

Nach dieser zweiten Transplantation ging es ihm nicht gerade sehr gut. Das Wasser ging nicht weg, er hatte nach wie vor ganz dicke Füße. Die Cortisondosen wurden erhöht, sehr erhöht sogar.
Nein, schön war der Zustand nach der Operation diesmal nicht.
Es dauerte recht lange, bis er wieder auf die Beine kam.
Wochen vergingen.
Immer noch bekam er hohe Dosen Cortison, er hatte viel Nasenbluten, und irgendwie tat sich sein Körper schwer mit dem neuen Organ.
Gut, er ließ sich nicht hängen, ging auch schnellstens wieder arbeiten, frei nach seinem Motto: „Nur nicht gehen lassen!" Aber schwer fiel es ihm eben doch.
Seine Petra stand ihm zur Seite und half, wo und wie sie konnte.
Ja, ohne seine Familie … Wie gut, daß er sie hatte! Sie war das Wichtigste und das Beste in seinem Leben.

Soviel Fehlen und sich Krankscheibenlassen wollte er auch nicht.
Das hatte seinen Grund. Er und seine beiden besten Freunde waren – sie sind es immer noch – Kollegen in einem kleinen Betrieb, sie arbeiten alle in dem Dentallabor, und wenn einer ausfällt, dann merkt man das arbeitsmäßig schon. Zum anderen machte ihm ja seine Arbeit auch nach wie vor Spaß und Freude. Und seine Freunde fingen ihn auf, wenn er wieder mal „durchhing."
So viel wie in der Zeit mit der ersten implantierten Niere waren sie nun nicht mehr unterwegs, inzwischen bestimmten auch Jennifers Schulferien ihre Reisetermine, aber hin und wieder entflohen sie der Großstadt.
Oft und gern waren sie auf der Insel bei den Eltern, und noch öfter hatten sie alle Freunde mit ihren Frauen bei sich, denn Burghard kochte mittlerweile genausogern wie seine Petra.
Nur das Backen überließ er seiner Frau, und das konnte sie – in Vollendung!
Eigentlich hatten sie immer „volles Haus" – das war ihr Leben.

So verging wieder ein langes Jahr mit all den kleinen Freuden und Sorgen, ein ganz normales Jahr. Nach wie vor mußte Burghard zur Untersuchung in die Klinik.

Sehr gut waren seine Werte nie gewesen, aber jetzt wurden sie rapide schlechter, von einer Untersuchung zur anderen. Eigentlich wunderte sich Burghard gar nicht so sehr, irgendwie hatte er das inwendig gespürt, wenn auch die Niere ihren Dienst versah. Aber bald tat sie das nicht mehr.

Nach genau einem Jahr und einem Monat Verweildauer in seinem Körper stellte die Niere ihre Arbeit ein. Und … Burghard ging wieder an die Dialyse.

Oh, es war schon deprimierend! Nein, wirklich, man hängt ganz schön durch, wenn man weiß, daß nun wieder (und nun sicher ein Leben lang) die Dialysetermine den Rhythmus des Lebens bestimmen werden. Aber, was soll's? Anders geht es nun mal nicht. Und leben will man ja!

Immer noch funktionierte der Shunt, der vor so vielen Jahren gelegt worden war, einfach erstaunlich. Ärzte und Schwestern konnten nur staunen.

Wieder lebte Burghard mit der Zeiteinteilung Montag – Mittwoch – Freitag.

Petra war nun längst mit allem vertraut, aber auch für die Kinder war es mittlerweile ganz normal geworden. Und wenn man Jennifer fragte: „Wo ist denn dein Papa?", dann antwortete sie wie selbstverständlich: „Er ist an der Dialyse."

Nur wenn man sie nach ihrem größten Wunsch fragte, so zum Beispiel vor Weihnachten, dann meinte sie: „Ich wünsche mir, daß Papi ganz gesund wird."

Die Zeit verging, und das Leben war schön – trotz allem. Vor allem beide Kinder waren gesund, welch ein Glück.

Zu der erforderlichen Dialyse fuhr Burghard jetzt immer nach Spandau in die Dialysepraxis und war hochzufrieden damit. Wie eine große Familie sind sie dort, und auch Frau und Kinder müssen nicht draußen bleiben, sondern sind gern gesehen.

Und auch Urlaub konnten sie wieder machen, es gab mittlerweile genug Adressen mit Dialysezentren in der Nähe von Kur- und Erholungsorten, und so fuhr Burghard mit seiner Familie in den Teutoburger Wald. Die vier Stunden Dialyse jeden zweiten Tag –

na, das machte er doch mit links. Und schon am nächsten Tag war er wieder mit seinen Kindern unterwegs.

Nur mit längerem Zu-Fuß-Gehen, größeren Wanderungen ging es nicht mehr so.

Als Nebenwirkung der langjährigen Behandlung hatte er zwei verschlissene Hüftgelenke, und seine Herzklappe, nun, die war auch nicht mehr ganz taufrisch. Sicher würde beides irgendwann einmal ersetzt werden müssen. Aber das hatte noch Zeit. Er war ja noch jung, 36 Jahre alt.

---

## 19

Ein halbes Jahr später – Ostern stand vor der Tür – ging es Burghard gar nicht gut. Kopfschmerzen hatte er, dazu kam Fieber, hohes Fieber. Nein, er fühlte sich recht elend. Sein Körper revoltierte und stieß die Niere ab. Es half alles nichts, sie mußte operativ entfernt werden.

Also wieder auf den Operationstisch und raus mit dem Ding. Aber nur diese zweite transplantierte Niere wurde entfernt, und als er wieder einigermaßen geradeaus gehen konnte, befand er sich erneut in dem kuriosen Zustand, daß er weiterhin drei Nieren in seinem Körper hatte, seine beiden eigenen und die ersttransplantierte, alle drei arbeiteten nicht und … Burghard ging wieder und weiterhin an die Dialyse.

Und dieser Zustand besteht immer noch.

Die Dialysetermine bestimmen das Leben der Familie, ja, sie bestimmen eigentlich alles. Kommt eine Einladung ins Haus, so ist gleich auch erste Frage: Ist es Dienstag oder Donnerstag oder zum Wochenende?

Auch die Feiertage wie Ostern, Pfingsten, Weihnachten machen da keine Ausnahme – Montag, Mittwoch, Freitag! Da gibt es kein Entrinnen. Einfach mal wegbleiben von der Dialyse, das ist nicht drin.

Manchmal, wenn Burghard seine vier Stunden im Dialysezentrum an der Maschine lag, dann ging ihm so verschiedenes durch den Kopf. Lesen kann man nicht immer, unterhalten, na ja, alle kennen sich dort seit ewigen Zeiten, so viel Neues gibt es auch nicht zu berichten, da döst man schon mal fast die ganze Zeit vor sich hin und wartet eigentlich nur auf das Ende der Behandlung.

So viele zucken sofort zusammen, wenn sie nur das Wort Dialyse hören. Ist es denn nun wirklich so schlimm? Burghard mußte direkt überlegen. Na ja, sicher, es gab Schöneres, womit man seine

Zeit verbringen konnte. Unangenehm ist es schon, auch die Krämpfe zu Anfang.

Aber am unangenehmsten vielleicht war doch das ständige Punktieren. Gewiß, mit der Zeit werden die Einstichstellen gefühllos, taub. Ähnlich geht es einem Diabetiker, der sein Leben lang Insulin spritzen muß.

Aber nicht jeder Arzt, nicht jede Krankenschwester kann gleich gut spritzen, kann gleich gut punktieren. Immer wieder ist jemand dabei, der haargenau danebensticht, und das merkt man dann eben. Recht unangenehm. Und seltsamerweise sind Krankenschwestern oft einfühlsamer als die Ärzte.

In jeder Praxis gibt es Unterschiede, manche stechen schnell und geschickt zu, andere (die mochte Burghard am wenigsten) starten eine „Venen-Suchaktion", und es dauert endlos, bis sich die Nadel ihren Weg gesucht hat, was die vorgeschädigten Gefäßwände sehr übelnehmen und was dem Patienten höchst unangenehm ist.

Nein, überlegte Burghard weiter, alles war ihm seit so vielen Jahren vertraut, und selbst eine Dialyse an einem fremden Ort regte ihn überhaupt nicht mehr auf.

Gewiß, es gab Unterschiede, so wie es überall im Leben nicht gleich zugeht. Warum sollte es hier anders sein. Sauberkeit wird natürlich sehr groß geschrieben, muß ja auch sein. Aber auch hier gab es Variationen.

Er hatte schon Behandlungen erlebt, wo er sein Bett nur durch eine Art sterile Schleuse erreichen konnte. Kleidung und Schuhe mußten draußen bleiben.

Fast überall jedoch gibt es Garderobenschränke, in denen die Oberbekleidung für die Dauer der Dialyse aufbewahrt wird, ähnlich wie in den Umkleidekabinen in den Schwimmbädern.

Und die Schuhe … Was soll das Gewese, dachte Burghard, die zieht man ja ohnehin aus, wenn man sich aufs Bett legt.

Außerdem, wo er auch hinkam zur Dialyse, jedes Zentrum, jede Praxis hält ihre Art der Behandlung, ihre Handhabung für die beste, die optimale. Warum auch nicht? Sie machen es ja nicht erst seit gestern!

Ihm war es egal, er ist überall gut behandelt worden, und die Dauer von vier Stunden ist überall gleich. Sicher, die Unannehmlichkeiten sind da und sie häufen sich auch mit der langjährigen Behandlung. Viele Patienten sind völlig erschöpft nach der Behandlung, wollen sich nur ausruhen, am besten nichts mehr hören und sehen. Burghard hatte damit keine Probleme.

Seine Petra und seine Kinder, nein, die störten nie. Ganz im Gegenteil, er vermißte sie, wenn sie nicht bei ihm waren. Und Energie hatte er genug für seine Familie. Auch eine Dialyse-Behandlung über 4 Stunden hinderte ihn nicht daran, anschließend mit seiner Familie ins Kino zu gehen oder andere Aktivitäten mit ihnen zu unternehmen.

Alle, die ihn kannten, wußten das. Er kam einfach mit allem zurecht.

Schwierig ist es, eine Gewichtszunahme von mehr als drei Kilo zu verkraften, aber ihm machte es nichts aus. Mit Hautproblemen, wie Trockenheit und Juckreiz, hatte er nicht viel zu tun. Damit plagten sich aber viele. Er hörte viel in den vier Stunden, die seine Dialyse jeweils dauert.

Angel- und Haltepunkt für Burghard ist und bleibt seine Familie, aber nicht nur seine Frau und die Kinder (die er immerhin heranwachsen sehen will), nein, auch seine Eltern, sein Bruder, die anderen Verwandten und seine Freunde. Sie alle hielten ihn fest, fingen ihn auf und richteten ihn auf in all den Jahren. Er konnte gar nicht fallen oder gar untergehen.

Waren es in den ersten Jahren die Probleme mit der Diät und mit dem wenigen Trinken – o ja, das hatte ihn schon „genervt" – so ist es jetzt doch die verminderte Leistungsfähigkeit, vor allem bedingt durch die Probleme mit den Hüftgelenken. Manchen Tag hat er echte Probleme mit dem Aufstehen und „in die Gänge kommen", aber seine beispiellose Energie und Disziplin und der unbedingte Durchhaltewille (Motto: „Denen werde ich es schon zeigen, was ein Behinderter alles kann!") helfen ihm dabei. Nein, es gibt nicht viel, was er nicht kann, wirklich nicht. Und warum soll man ihm unbedingt ansehen, was ihm fehlt?! Na also. Muß ja wohl nicht sein!

Es geht doch alles, ist nur eine Frage der Organisation. Aufstehen, frühstücken, Jennifer geht in die Schule, Marvin in den Kindergarten, gottlob beides um die Ecke, keine weiten Wege. Als nächster verläßt er das Haus. Auch er hat keinen weiten Weg mit dem Moped und ist fix auf seiner Arbeitsstelle. Petra kann sich noch etwas Zeit lassen, ordnet und räumt im Haushalt, aber dann rufen sie ihre Pflichten. Mobil ist sie mit ihrem Auto und von einem pflegebedürftigen Patienten zum anderen unterwegs, manchmal sind es schon ganz schöne Entfernungen, die sie so im Laufe eines Tages zurücklegen muß. Alle warten auf ihre Hilfe. Jennifer ist inzwischen schon ein großes Schulmädchen und kommt mittags allein nach Haus. Marvin bleibt im Kindergarten. Und Petra kann es so einrichten, daß sie meist pünktlich um 15.00 Uhr zu Hause ist, dann kommen die Kinder zu ihrem Recht, es bleibt noch Zeit für den Haushalt, und wenn Burghard von der Arbeit nach Hause kommt, ist nur noch Familienleben angesagt. Und Montag, Mittwoch und Freitag müssen sie eben zu Hause ein bißchen länger auf ihn warten, weit ist der Weg mit dem Moped von Tempelhof bis nach Spandau, und die gleiche Strecke liegt er auch nach der Dialyse mit dem Moped wieder zurück.

Alle haben sich gewöhnt an dieses Leben, und es geht, geht sogar besser, als mancher Außenstehende denkt. Wenn auch Burghard nun keine Bäume mehr ausreißen kann, so kann er doch vieles, was ihm auch Spaß macht: er kann vorzüglich kochen, er macht es mit Begeisterung und hat inzwischen eine ganze Sammlung von Kochbüchern. Er sitzt am Computer und kann das seinen Kindern beibringen. Ja, eigentlich teilen sich die Eheleute alles. Es ist überhaupt keine Frage.

Dialyse zu Ende. Tschüs, bis übermorgen. Und rauf aufs Moped und ab nach Hause.

# 20

So verging ein Jahr nach dem anderen. Die Kindern wuchsen heran, und mit einem Mal war es soweit, Marvin wurde eingeschult. Alle waren dabei, allen voran die stolzen Oma und Opa Koch, und begleiteten den Jungen auf seinem großen Weg.

Inzwischen fragten auch die Eltern nicht mehr, ob sich Burghard wieder auf die Warteliste für ein Spenderorgan setzen lassen will. Irgendwie haben sich jetzt alle mit den Gegebenheiten arrangiert. Auch der jährliche Urlaub ist keine Aufregung mehr.

Seit Jahren besuchen sie den gleichen Kurort im Teutoburger Wald, und dort „um die Ecke" geht Burghard jeden zweiten Tag an die Dialyse, alles wie gehabt, fast wie zu Hause. Keine Aufregung, keine Neuigkeit mehr. Auch mit dem Essen und Trinken im Urlaub geht es, muß es gehen.

Die großen Probleme gab es nur am Anfang, als man Burghard als jungen Bengel so viele Tabletten und Prospekte in die Hand drückte, die er gar nicht verstand. Eines lernte er allerdings sehr schnell: Kalium ist für einen Dialysepatienten am gefährlichsten von allem. Normalerweise scheiden bei einem normalen gesunden Menschen die Nieren das Kalium wieder aus. Haben aber die Nieren ihre Tätigkeit eingestellt, so wird das Kalium eben nicht ausgeschieden, der Kaliumspiegel steigt, und das nimmt das Herz übel. Bei einem Blutkaliumwert von 7,0 droht ein Herzstillstand, einfach so, ohne Vorwarnung. Na, prima! Also: Vorsicht vor Kalium.

Auf einer Tabelle sind die „erlaubten Nahrungsmittel" abzulesen, dazu gehören auch die Getränke. Also: Kaffee, Tee, Cola, Zitronensaft sind in jeder Menge erlaubt. Wie schön!

Aber die Sache hatte einen Haken. Früher (vor mehr als 20 Jahren, als Burghard dialysepflichtig wurde) stand unter der Rubrik „erlaubte Trinkmenge" die magische Zahl von 500 ml, und das ist gerademal ein ½ Liter und das über den ganzen Tag verteilt. Das ist verdammt wenig, vor allem im Sommer! Aber auch die Ärzte sind Menschen, und heute ist man da erheblich großzügiger und die Patienten dürfen mehr trinken. Auch die frühere Beschränkung „Weißbrot, Toastbrot und Brötchen und dazu Marmelade, Gelee oder Honig" ist weitestgehend außer Kraft gesetzt. Auch Käse und Wurst darf heute gegessen werden.

Phosphatschwierigkeiten hatte Burghard zum Glück nie und auf das leidige Kalium zu achten lernt wohl jeder Dialysepatient als erstes. Aber es kommt schnell zusammen! Man ißt ja ein Stückchen Fleisch nicht allein, es gibt Kartoffeln dazu, und bereits zweihundert Gramm Kartoffeln enthalten 880 mg Kalium. Ein kleines Steak von hundertfünfzig Gramm Gewicht – was ist das schon für einen ausgewachsenen Mann! – bringt weitere 50 mg Kalium, dazu kommen die Gewürze und ein Salat, und wenn man leichtsinnigerweise auch noch ein kleines Bier dazu bestellt, dann hat man seine für den ganzen Tag erlaubten 2000 mg Kalium locker erreicht und ... ein schlechtes Gewissen und ein bißchen Angst. Burghard hat sich eigentlich nie haargenau an die Regeln gehalten, nur immer auf das Kalium geachtet. Und es geht ja auch. Man lernt das Variieren: dann werden eben nur 4 statt 8 - 10 Kartoffeln gegessen und schon sehen die Werte etwas freundlicher aus.

Es geht alles.

Aber in all den langen Jahren hat sich Burghard schlau gemacht, er weiß inzwischen genau so gut wie seine Frau und die gesamte Familie, daß Konservenfrüchte, Konservengemüse und auch Kartoffeln in Konserven entschieden weniger Kalium enthalten als frische Früchte oder frisches Gemüse.

Kleine Tricks helfen zusätzlich: man kann die Kartoffeln schon am Tag zuvor einweichen und das Kochwasser dann noch einmal erneuern. Auf diese Weise wird ein großer Teil des in ihnen enthaltenen Kaliums entfernt.

Außerdem kennt Burghard mittlerweile die untrüglichen Anzeichen, wenn er wirklich einmal „gesündigt" hat: die Zunge wird schwer, die Sprache wird verwaschen. Das ist höchste Alarmstufe.

Am besten, man sucht in solchem Zustand schnellstens ein Krankenhaus auf.

Nach mehreren Auslandsreisen in den sonnigen Süden war die Familie von dem täglichen Kartoffelessen ohnehin abgekommen und hat sich mehr der Nudelküche zugewandt.

Die Kinder sowieso, die essen Spaghetti in allen Lebenslagen, und so landeten sie alle mehr oder weniger bei Nudeln in allen Variationen, und bei Reis. Es ging. Es ging sogar sehr gut. Immerhin ernährt sich ja wohl die Hälfte der Menschheit von diesen Nahrungsmitteln. Jedenfalls gibt es mehr Reis- und Nudelesser als Kartoffelesser auf diesem Globus.

Nur eines mußten sie begreifen: Tomatenmark durfte nur sehr sparsam verwendet werden.

Das Zeug war teuflisch. Zweihundert Gramm Tomatenmark enthalten 2000 mg Kalium, die für den ganzen Tag erlaubte Höchstmenge! Nicht zu glauben! Also Vorsicht! Aber wer nimmt schon 200g?


Seine behandelnden Ärzte sind nach wie vor sehr zufrieden mit Burghard, weil er sich diszipliniert verhält. Nun gut, er ist seit den jüngsten Jugendjahren dazu verurteilt, eben diszipliniert mit dieser seiner Krankheit und seinem Körper umzugehen. Sicher, bei langjähriger Dialysebehandlung stellen sich Nebenwirkungen ein, das wissen alle Ärzte, das wissen auch die Patienten, denn meist haben sie es ja am eigenen Leib erleben müssen.

Und sicher nicht umsonst predigen eben aus dem Grunde die Ärzte, daß mit weniger unangenehmen Nebenwirkungen zu rechnen ist, wenn die Patienten ihre Gewichtsschwankungen so niedrig wie möglich halten.

Burghard hatte in all den Jahren keine allzu großen Probleme damit, eine Gewichtszunahme von zwei bis drei Kilogramm ist tolerabel und auch vom Körper her gut zu verkraften.

In den bewußten vier Stunden – solange dauert die Dialyse immer und überall – bekommt er etwas zu essen und ein Getränk seiner Wahl, aber das wird natürlich berechnet, haargenau: Eine Tasse Kaffee bringt 100 g auf die Waage u. s. w. – u. s. w. …

Jeder Dialysepatient hat im Laufe seines Lebens rechnen gelernt, und wie!

Eigentlich ist es ganz einfach: wenn der Patient zwischen zwei Dialysen drei Kilo an Gewicht zugenommen hat (Gewicht ist nur Wasser!), und er bekommt während der stundenlangen Behandlung etwas zu essen und zu trinken, so müssen eben vier Kilogramm herausgefiltert werden.

Logisch, nicht wahr?!

## 21

---

Burghard lebt. Er lebt mit der Krankheit, und er lebt gerne. Nach wie vor ist er immer in Bewegung, geht seiner Arbeit nach, die er mit einer wahren Akribie ausübt. Regelrecht stolz ist er darauf, daß er seinen Beruf ausüben kann. Und wie er ihn ausübt! Die von ihm angefertigten Zahnprothesen sitzen, und zwar richtig und bombenfest. Ebenso die Zahnspangen und dergleichen für die Kinder. Das ist sein Metier. Er versteht sein Handwerk.

Wenn auch Burghard keine Eskapaden mehr machen kann, so spielt er doch Tischtennis mit den Kindern, gelegentlich auch noch Tennis, und gerade diese Aktivitäten sind es, die ihn schnellstens wieder aus einer Durchhängephase – meist im Anschluß an eine Dialysebehandlung – herausbringen. Petra hat ein außerordentlich feines Gespür dafür, wann er Ruhe braucht, wann eine Aufmunterung. Ihre Antennen sind völlig auf ihn ausgerichtet, und jede, auch noch die kleinste Veränderung nimmt sie augenblicklich wahr.

Sie sind ein eingespieltes Team.

Und eben dies rechnet ihr ihre Schwiegermutter so hoch an, nichts geht ihr über die Schwiegertochter, und ihr Lob singt sie in den höchsten Tönen.

Man sieht es schon an der Begrüßung, wenn die junge Familie mit der kleinen Fähre auf der Insel Valentinswerder anlegt. Die Kinder stürmen vorwärts, der kurze Weg ist ihnen seit Jahren vertraut, und die umarmen stürmisch die Oma. Burghard und Petra schlendern gemächlich hinterher, aber noch vor ihrem Sohn schließt Mutter Koch „ihre" Petra in die Arme und drückt sie ganz herzlich an sich.

Zutiefst dankbar ist Frau, Koch dem Schicksal, daß es ihrem Sohn die Petra zugeführt hat. Etwas Besseres konnte ihm nicht widerfahren und liebevoll streicht sie ihr über die Wange.

Herrliche Stunden verbringen sie dort draußen auf dem idyllischen Eiland, aber dann bringt sie die kleine Fähre wieder zum Festland zurück, und ab geht es nach Hause.

Erst Monate später (Sommer war es geworden und der schlimmste Schmerz vorbei) konnten Burghard und seine Familie an sich denken und ihren Urlaub antreten.

Wieder ging es in den Teutoburger Wald, wo sie schon alles kannten, ihre Ferienwohnung war ihnen so vertraut wie das dortigen Dialysezentrum.
Auch die Kinder konnten Wiedersehen mit den vertrauten Plätzen feiern.
Sie fuhren zur Weser, sie machten eine Kutschfahrt, ein- oder zweimal tummelten sie sich im Thermalbad, und mit den Kindern mußten sie natürlich einen ganzen Tag ins „Rastiland", dem großen Freizeit- und Erlebnispark mit seinen vielen Attraktionen.
Schön war der Urlaub, wirklich schön, auch mit dem Wetter hatten sie erstaunlicherweise Glück.
Petra fuhr. Auch zu Hause ist sie meist der „Steuermann". Lange Autofahrten strengen Burghard zu sehr an.
Diesmal war er froh, als die Autofahrt zu Ende ging. Hatte er verkehrt gesessen, zu lange gesessen? Irgend etwas stimmte mit seinem Hüftgelenk nicht, und er hatte unsägliche Mühe, zu Hause aus dem Auto auszusteigen.
Und am nächsten Tag mußte er erst den Arzt aufsuchen. Na, ja, seine Hüftgelenke taten es eben nicht mehr, arg verschlissen waren sie, aber was half's? Konservative Behandlung gab es, Spritzen verabreichte ihm der Orthopäde, dann ging es wieder und Burghard nahm sein altes Leben wieder auf.
Alles ging unverändert seinen Gang. Immer noch war es warm, und immer noch fuhren sie jedes Wochenende zu den Eltern auf die Insel, manchmal kam auch sein Freund mit den Kindern mit.

Allen ging es gut, alle fühlten sich wohl, nur Petra nicht. Seltsam, Bauchschmerzen hatte sie, schlecht war ihr, irgend etwas stimmte nicht …
Und so mußte auch sie sich zu einem Arztbesuch entschließen.

„Und, was ist?" wollte die ganze Familie wissen.

„Steinreich bin ich offenbar!" meinte Petra und stieß auf verständnislose Gesichter. „Gallensteine soll ich haben, meint der Doktor. Morgen früh wird noch geröntgt, aber es scheint kein Zweifel zu bestehen."

Und so war es auch. Die weiteren durchgeführten Untersuchungen konnten den Verdacht nur bestätigen: Petra hatte Gallensteine. Und sie kam ins Krankenhaus.

Erschrak Burghard? Oh, nein, er organisierte alles. Seine Mutter – auch eben vom Urlaub im sonnigen Süden zurück – übernahm den Haushalt und die Betreuung der Kinder, und dann konnte Petra endlich mit ruhigem Gewissen ihr Krankenbett beziehen und der Operation entgegensehen.

Drollig fanden es die Kinder, Oma war den ganzen Tag bei ihnen, gar nicht schlecht, machte Spaß.

Alle waren bestens versorgt. Burghard ging seiner Montag-Mittwoch-Freitag-Beschäftigung nach, und an den dialysefreien Tagen besuchte er seine Frau im Krankenhaus.

Die Kinder vermißten ihre Mutter gar nicht einmal, fast im Gegenteil, sie genossen die Tage mit der Oma recht intensiv. Aber da war die Zeit des Krankenhauses für Petra auch schon wieder zu Ende.

Burghard atmete auf, seine Petra war wieder bei ihm. Wie schön. Überraschend schnell kam sie wieder auf die Beine, nur das Röhrchen mit den vielen Gallensteinen, das man ihr bei der Entlassung mitgegeben hatte, erinnerte noch an die Operation, und wurde … von den Kindern bestaunt.

Die Kinder gingen zur Schule, Burghard und Petra arbeiteten. Alles war wie immer, auch die Dialysetermine blieben sich ewig gleich. Und jetzt sollte wieder gefeiert werden. Ja, was denn?


Burghards vierzigster Geburtstag!

Vor zehn, vor zwanzig Jahren hätte kein Mensch geglaubt, daß Burghard so alt werden würde. Er selbst wohl am wenigsten.

Und es sollte ein Geburtstag werden! Ein unvergeßlicher, an den alle noch lange, wenn nicht gar immer zurückdenken würden.

Ohne daß Burghard die geringste Ahnung hatte, liefen die Vorbereitungen auf Hochtouren.

Jetzt war Petra zum ersten Mal in ihrem Leben froh, daß ihr Mann drei Abende in der Woche nicht greifbar war. Sie brauchte diese Zeit vor alle Vorbereitungen. Und nicht nur sie …

Auch die Eltern blieben nicht untätig, sondern planten ebensolche Überraschungen.

Mein Gott, ihr Junge wurde vierzig! Nicht zu fassen!

Petra war im Elternbeirat des Kindergartens, den ihre Kinder besuchten, und so konnte sie die dortigen Räume für die Feier mieten oder besser gesagt, nutzen, denn sie brauchte noch nicht einmal etwas dafür zu bezahlen. Und sie brauchten Platz, denn es wurden Gäste erwartet, o Himmel! Wenigstens dreißig Gäste, wenn nicht gar mehr. Aber der Saal allein war es ja nicht! Ein Büfett mußte her, eine Getränkebar, Musik sollte gespielt werden, ja, und dann ging es ja auch ans Schenken.

Was um alles in der Welt sollte sie ihm schenken? Etwas ganz Besonderes mußte es schon sein.

Stundenlang, tagelang dauerten die Absprachen in der Familie, im Freundeskreis. Und dabei sollte Burghard nun wirklich nichts merken. Gott sei Dank war Jennifer schon sehr vernünftig. Sie verplapperte sich nicht.

Ein wunderschöner Herbsttag war es im September, als die Gäste nach und nach eintrafen.

Burghard strahlte wie ein Licht, als er die Gäste begrüßte und hereinbat. Bald stand eine fröhliche Runde um die kleine Bar, und Burghard war immer noch damit beschäftigt, seine Geschenke auszupacken. Um die vielen mitgebrachten Blumen kümmerte sich Petra.

Kochbücher bekam er, Bücher über Motorräder, über seine geliebte Harley-Davidson, viele Geschenke, schöne Geschenke, mit den Blumen hätte man ein Geschäft aufmachen können, und immer mehr Menschen kamen zum Gratulieren: die Familie war da, natürlich; auch Onkel und Tanten. Dann die Freunde, die Arbeitskollegen, Nachbarn, nicht zu fassen, wie beliebt er und seine Petra waren.

Irgendeiner stellte dann die Frage (fast ging sie in all dem Trubel unter): „Was hast du eigentlich von der deiner Frau bekommen?" Burghard – sonst weiß Gott nicht um eine Anwort verlegen –, hier druckste er richtig herum, während doch seine Augen strahlten und immer noch feucht wurden, denn … seine Petra hatte ihm eine Harley-Davidson geschenkt,

Nein, keine eigene. Das wäre nie zu bezahlen! Aber einen Gutschein, ein Abonnement für eine Harley-Davidson für drei lange Tage, für Hunderte von Kilometern.

Sein Traum, den er vor mehr als zweiundzwanzig Jahren geträumt hatte, an den er durch seine Krankheit nie mehr gedacht hatte, sein großer Traum sollte wahr werden. Jetzt endlich, nach so vielen Jahren, nach all den Jahren mit der Krankheit!

Vierzig Jahre mußte er werden, bis dieser Traum in Erfüllung ging. Es war nicht zu begreifen, und er drückte seine Frau an sich. Sprechen konnte er gar nicht.

Auch die Anwesenden waren gerührt, denn es gab keinen in der großen Runde, dem Burghards Leben nicht vertraut war.

Aber dann siegte die Fröhlichkeit, neue Gäste kamen, es wurde gelacht, die ersten Gäste tanzten, nur von den Kindern war nichts zu sehen.

„Wo sind denn Jennifer und …" wollte eine Mutter fragen, aber Petra zeigte nur lachend um Nebenraum hin, da gab es ein Spielzimmer mit Rutschen und Verstecken, und das war für die Kinder natürlich viel verlockender, als den Gesprächen der Erwachsenen zuzuhören.

Während die Kinder nebenan eine Umwälzung alles Bestehenden schufen und selig bei dieser „Arbeit" waren, sprang Mutter Koch immer wieder auf, Unruhe trieb sie hoch, und Petra ging ihr hinterher. „Worauf wartest du denn?" fragte sie, und da erst vertraute ihr die Schwiegermutter an, daß sie einen Leierkastenmann bestellt habe, das sei, unter anderem, ihr Geschenk für Burghard. Und wirklich: mit Trara kam der Altberliner Drehorgelspieler, begrüßte das Geburtstagskind mit einem Ständchen, und dann ging es los mit Stimmungsliedern, Altberliner Liedern, Schlagern, dazwischen sang der Leierkastenmann und erzählte drollige Anekdoten. Es war eine Stimmung! Einfach toll.

Der Leierkastenmann bat Burghard zu sich an den Leierkasten, setzte ihm eine Pickelhaube auf und ließ ihn selbst die Drehorgel bedienen, und dann endlich durfte nach der Musik getanzt werden.

Ausgelassen waren alle, eine herrlicher Abend, und endlich konnte Burghard fragen, wem er denn nun dieses Geschenk verdankte. Ganz herzlich bedankte er sich bei seiner Mutter, umarmte seine Eltern und dann mußte er tanzen, und wie er tanzte! Die meisten der anwesenden Damen schwenkte er unter Lachen und Anfeuerungsrufen herum.

Und ganz zum Schluß nahm er seine Petra in den Arm und tanzte zu den Klängen eines Lambada mit ihr durch den Saal.

Es war eine Freude ohne Ende.

Auch als der Leierkastenmann wieder weitergezogen war (er wurde noch auf einem Polterabend erwartet), kamen immer noch Gäste und brachten Blumen und Geschenke. Auch die Schwestern vom Dialysezentrum kamen und sie staunten nicht schlecht. Das hatten sie wohl nicht erwartet, das konnte man ihren Blicken entnehmen.


Und die Feier ging weiter, bis tief in die Nacht, und jeder, der dabei war, wird diesen Tag nicht so schnell vergessen.

Die Feier war am Sonnabend, es ging bis in die Nacht, aber selbst am Sonntag gab es noch keine Ruhe, es kamen immer noch Gratulanten, und Burghard war so selig, so begeistert, ihm war keine Müdigkeit anzusehen.

Anders Petra, jetzt merkte sie doch all die Vorbereitungen, und außerdem mußte sie die Räume noch in Ordnung bringen. Montag ging der normale Betrieb im Kindergarten wieder los. Bis dahin mußten alle Spuren der Feierei getilgt sein.

Aber ein paar Mütter halfen ihr, und so war wirklich am Tag darauf nichts mehr zu merken von den vorangegangenen Festlichkeiten.

Ja, Montag war es, und das hieß für Burghard, wieder an die Dialyse.

Die drei Krankenschwestern, die bei der Geburtstagsparty waren, hatten offenbar begeistert von allem erzählt, denn nun wurde in der Dialysepraxis mit den Ärzten, den Schwestern noch einmal nachgefeiert.

Mein Gott, war das ein Geburtstag!

Aber wer hätte vor mehr als zweiundzwanzig Jahren gedacht, daß Burghard so alt werden würde? Keiner.

Es war ein Geschenk, eine Gnade, wie immer man es nennen will.

Und Burghard war dem Schicksal dankbar.

Wenn man ihn direkt an seinem Geburtstag gefragt hätte, was er sich noch wünsche, es wäre ihm sicherlich nichts eingefallen.

Aber einen Wunsch hat er wohl doch – er möchte noch sehen, daß seine Kinder erwachsen werden. Ja, das möchte er. Das ist sein größter Wunsch.

Jennifer ist inzwischen elf Jahre und Marvin sieben.

Angst vor dem Sterben? Nein, die hat er schon lange nicht mehr.

In stillen Stunden denkt er immer noch an das wunderschöne Erlebnis im Koma, als er seinen Körper verlassen hatte und alles so hell, so warm, so friedlich war.

Auch mit seiner Petra hat er des öfteren darüber gesprochen.

Aber behalten möchte er seine Frau noch recht lang, sein 'Frauchen', wie er immer sagt.

Sie ist im wahrsten Sinne des Wortes seine „bessere Hälfte".

Und seine Kinder natürlich!

Ja, zehn Jahre, die würden wohl reichen. Dann wären Jennifer 21 und Marvin 17.

Vielleicht klappt es ja.

Alles, was in seiner Macht steht, will er dazu tun.

„Wann willst du nun eigentlich mit deiner Harley fahren?" wollten Tage später die Freunde im Labor wissen. „Jetzt bei dem Wetter, alles ist naß auf den Straßen, das viele Laub …" gaben sie zu bedenken.

„Nee, ich kann warten!" lacht Burghard. „Habe ich mehr als zwanzig Jahre gewartet, so kann ich jetzt auch noch bis zum Frühjahr warten. Und dann geht es richtig los! Kinder, wie ich mich freue! Dann sind die Tage lang und hell, und ich werde gar nicht aufhören zu fahren. Das verspreche ich Euch."

Sie verstanden ihn und freuten sich mit ihm.

Und Petra machte alles fest, daß er sein Abonnement erst im Frühjahr in Anspruch nehmen wird, und dann wird die Familie wahrscheinlich mit ihm fahren.

Den ganzen Winter über wollen und werden sie Pläne machen.

Aber ehe der Winter mit seinen kalten Tagen kam und man in der warmen Stube an das gemütliche Plänemachen gehen konnte, gab es schon wieder eine Neuigkeit: Burghard sollte zum Geschäftsführer in seiner Arbeitsstelle befördert werden. Gut und schön. Ja sicher, hörte sich lukrativ an, war es vielleicht auch, aber es war auch mit mehr Arbeit verbunden, mit mehr Verantwortung. Konnte, sollte Burghard das Angebot annehmen? Vieles sprach dafür, von seiner fachlichen Qualifikation her gesehen. Aber würde er das gesundheitlich durchhalten?

Hin und her berieten sie, tagelang, er sprach nicht nur mit seiner Frau, er beriet sich auch eingehend mit seinem Vater.

Und dann sagte er zu. Wirklich und wahrhaftig. Burghard sagte ja dazu, mehr Arbeit und mehr Verantwortung zu übernehmen.

Noch nie war es seine Art gewesen, sich aus der Verantwortung zu stehlen.

Und ein bißchen Stolz schwang auch mit bei dieser Entscheidung. Er, dem vor mehr als zwanzig Jahren die Ärzte sogar eine Berufsausbildung verbieten wollten, er hatte es auch mit dem jahrzehntelangen Leben an der Dialyse geschafft, seinen Beruf zu erlernen, seinen Beruf auszuüben, seinen Beruf zu lieben und jetzt sogar so weit aufzusteigen.

Was kann ihm da noch passieren?

Mit seiner Familie, mit seinen Freunden, mit seiner Frau an seiner Seite kann ihm nichts geschehen, wird, nein, darf ihm nichts geschehen.

Und wenn das Schicksal ihm ganz gnädig ist – dann wird er auch seine Kinder groß werden sehen.

Aber erst einmal wartet er auf das Frühjahr, dann geht es los mit der Harley-Davidson, und er wird fahren, fahren, frei wie ein Vogel im Wind.

Und Burghard ist gefahren, drei unvergleichliche Tage lang, unendlich viele Kilometer, voller Freude und Glück.